若親分、起つ

目明かし常吉の神楽坂捕物帖

伍代圭佑

潮文庫

目次

編集協力：小説工房シェルパ
装幀：坂野公一（welle design）
イラスト：井筒啓之

若親分、起つ

目明かし常吉の神楽坂捕物帖

第一章　腹一文字

一

寛政《かんせい》五年（一七九三）、江戸は神楽坂毘沙門裏《かぐらざかびしゃもんうら》。
まもなく年の瀬を迎える。葭簀《よしず》囲いの隙間をぬって乾いた冷たい風が吹き込んでくる。

囲いのなかからは賑やかな三味線や笛太鼓の音が聞こえてくる。木戸銭を取って音曲やものまね、軽業《かるわざ》、軽口噺《ばなし》を聞かせている。

寄席《よせ》といって上方では生玉社《いくたましゃ》や坐摩社《ざましゃ》境内などでこのような興行がおこなわれているらしいが、江戸ではほかにはみかけない。

神楽坂はもとは武家屋敷や寺社がならんでいた。うわついた寄席のようなものはそぐわない土地柄のはずだがこのところは町家も増えている。寺の境内を借りて『大黒亭』と、名ばかりは立派な葭簀囲いの寄席には町人だけではなく近くの武家屋敷の侍が覆面をして現れたり、坊さまが手ぬぐいで頭を隠した格好で顔を出したりしてなかなか繁盛している。楽しいもの可笑《おか》しいものを見たり聞いたりしたいという人情は武家も坊さまも町人もかわりはないようだ。

高座の下手《しもて》、紫に『大黒亭』と染め抜いた暖簾《のれん》の向こうは芸人たちがたむろする楽屋になっている。

常吉《つねきち》は楽屋の一番奥、小さな陶製の手あぶりに身体を覆い被せて暖をとっている。まだ若いのに常吉は寒がりだ。綿入れの丹前を着ているから背中が大きく膨らんでいる。

高座では芸人がじゃかじゃかじゃかとやたら派手に三味線をかき鳴らしながら軽口噺を続けている。

真冬にしては客の入りもよいが、芸はあまりうけてはいない。

万作《まんさく》という上方下りの芸人だ。大坂の地で名を馳せた米沢彦八《よねざわひこはち》の直弟子《じきでし》という触れ込みだが、常吉は「どうだかわかったものじゃねえ」と思っている。

万作はぺんぺんと糸を鳴らしてまたひとくさり、軽口噺を始める。

ある男が頼まれて棚をこしらえた。

「おまはんが吊ってくれたあの棚なぁ」

「へえ、なんぞありましたか」

「道具箱を載せたらすぐに落ちたヤないか」

「アァ、ものを載せたらあきませんがナ」

笑い声の代わりにひとりの客が大きなあくびをする。万作の軽口噺ではなく、あくびの大きさに笑いがおきる。

常吉は手あぶりにかじりついたまま顔を高座にあげた。

（万的の野郎……相変わらず客にうけねえでいやがる……）

公方《くぼう》さまのお膝元の江戸だ。なににもよらず上方のものがありがたがられるが、上方の言葉だけは江戸では「生《なま》ッたれて聞こえやがン」というのだろうか、同じ軽口噺でも客のうけはよくない。

蝶《ちょう》という名の女芸人が常吉に湯飲みを差し出した。

「お寒うござんすねえ……葛湯《くずゆ》を淹《い》れやした。召し上がれ」

蝶は万作の女房だ。夫の不始末を詫びでもしているかのようだ。

「こいつぁかっちけねえ。いただくよ」

常吉は湯飲みを受け取った。火傷《やけど》をしそうなほど熱い葛湯に息を吹きかけ啜《すす》る。

万作は客のあくびにも負けず高座を降りようとはしない。客の笑いをとるまでは決して高座を降りないと心に決めているかのようだ。

蝶は愛想笑いを浮かべながら、高座を降りない万作に露骨に嫌な顔をしているほかの芸人たちにも葛湯を振る舞っている。

葛はひと袋で何文するだろう。万作と蝶のふたりでも一日の稼ぎは知れている。苦しいなかから、夫に嫌な顔を向ける芸人たちの機嫌をとるための葛湯だ。

(万的みてえな奴でも夫婦となりゃ、また別なのかなぁ……わからねえものだ)

常吉は神楽坂肴町《さかなまち》に親と弟と暮らしている。

常吉の父親は十手《じって》もち、目明かしだ。

神楽坂毘沙門裏の鐵《てつ》、といえば江戸の目明かしのなかでも名の通った男だ。

常吉も子供の時分は十手もちになろうと心に決めていた。

正規の十手は公儀《おかみ》から奉行所の与力同心といったお武家さまたちに下されるものだ。目明かしは正しくは十手もちとはいえないが、江戸の町で目にする十手もちはもっぱら目明かしたちだった。

末は目明かしに、と心に決めていた常吉だが二〇歳《はたち》を前にすっぱりと願いを捨てた。通常、目明かしはお上の御用だけでなくほかに生業《なりわい》をもっている。

常吉が父親の経営する『大黒亭』の楽屋に入り浸るようになってもう三年になる。くる日もくる日も、楽屋で芸人たちの軽口噺やら音曲噺やらものまねやら軽業《かるわざ》を見るともなく聞くともなく過ごしている。

常吉は手あぶりに覆い被さっていた身体を起こした。うんと伸びをすると背筋が痛い。

どれ町内を一回りするか、と腰をあげかけたところに囲いの葭簀をめりめりと押しあげて楽屋をのぞき込んだ顔があった。

浅黒い顔が楽屋を見回している。男は常吉に目で合図を送ってよこした。

神楽坂毘沙門裏、鐵親分の手下の政五郎《まさごろう》だ。

年齢は三五、六歳。常吉にとっては叔父のような年格好だ。もっとも、少々苦手な叔父貴だが。

常吉は起ちあがった。町内を一回りして身体を伸ばそうかと思っていたところだからちょうどよい。

常吉は蝶に「ちょいと、出てくらぁ。あとを頼んだヨ」と言い置いて葭簀囲いを抜けた。

政五郎は常吉の先に立って早足で歩いている。どうせいつものように親爺《おやじ》からの小言だろうと思っていたが、どうも様子が違う。政五郎の早足は、なんだか他人目《ひとめ》をはばかっているかのようでもある。

常吉は小走りに政五郎に追いついた。

ちょうど毘沙門さまの山門のあたりだ。

政五郎は門の陰に身体を滑り込ませる。常吉も後に続いた。

「若……」

政五郎は乾いた声を震わせながら常吉に告げた。

「親分が……亡くなりやした」

二

常吉は政五郎の襟を摑んだ。

「なんだって……お父《と》ッつあんが……死んだって……」

政五郎は常吉の手首を静かに引き離した。

「日本橋小舟町《こぶなちょう》の番所から知らせが参《めえ》りました。すぐにご一緒に……」

「死んだって……どうして……」

政五郎はさらにあたりをはばかるかのように声をひそめた。

「親分は昨夜《ゆんべ》もあのあたりを張っていなさったのですが……今朝方《けさがた》、倒れているところが見つかった、と……詳しい話はまだわかりませんで……」

江戸中に名を馳《は》せている目明かしだ。恨みをもっている悪い奴らも多い。

「悪党に刺されたのか、畜生め……」

常吉が子供の時分、父は盗賊の頭目を捕えるという大手柄をたてた。公儀《おかみ》から銀五枚のご褒美もいただいた。神楽坂毘沙門裏の鐵の名を高らしめた一件だ。

常吉は木切れで十手をこしらえ、捕り物ごっこをして遊んだ。ゆくゆくは本物の十手を手に、江戸の悪い奴らを片端からつかまえるのだと心に決めていた。

神楽坂は江戸のほかの町とは違い、武家と町人が境を接して暮らしている。武家といってもお大名の屋敷はなかったが、なかなか羽振りのよい旗本や御家人の屋敷がならんでいる。武家の若様ともなれば屋敷の広い庭で遊ぶものだが、そこは子供だ。門の外から同じくらいの子供たちが遊びに興じる声が聞こえてくるからたまらない。歴々の若様がこっそり屋敷を抜け出して常吉たちが遊んでいるところに混じったりもした。

なかに人見《ひとみ》という旗本の子供もいた。屋敷に仕える用人の子供たちを家来として引き連れ、常吉たちの遊んでいる赤城明神の境内に姿をあらわす。

わがまま一杯に育った子供だ。家来の子供たちに命じて町人の子供を追い立てにかかる。家来たちは木の棒を刀のように振り回して町人たちを追いかけ回す。

常吉の遊び仲間には、大工の息子や魚屋の倅、鋳掛《いか》け屋の子など腕っ節も心根も強いものがそろっている。

が、お武家さまには逆らうものではないという知恵は、皆、心得ていた。

「人見典膳《てんぜん》じゃ、どけ、どけぃ」と叫び、滅多矢鱈《めったやたら》に棒きれを振り回し常吉たちを追い立てにかかる。偉いのかどうかもわからぬ家名だが、お侍が相手だ。町人たちはわあきゃあと悲鳴をあげ頭や尻に手をあてながら逃げまどう。侍の子たちは面白がってさらに追いかけ回す。

一緒になって逃げ回っていた常吉だったが、とうとうあまりの仕打ちに足を止め向き直った。

若様はひときわ立派な黒羽織に袴《はかま》姿だ。

常吉にまともに顔を向けられ少しひるんだ様子だったが、すぐに虚勢を持ち直し鼻の頭をつんと上にもたげて言い放った。

「そなたは何者であるか。無礼を致すと捨て置かぬぞ」

若様の手は腰に差した短刀にかかっている。旗本の子だ、差し料は真刀だろうが抜く気遣いはない。

常吉は愛用の木の十手を握りしめた。

お武家さまは名を気にするから顔に傷でもつけたらさすがにことは面倒になるだろう、と常吉は思った。

常吉はものもいわず、ぐっと身を沈めると木の十手で若様の向こう臑《ずね》を思い切り払った。

「ぎゃあ」

若様は声をあげるとうずくまった。両手で常吉に打たれた向こう臑を押さえ、おいおいと泣いている。

お付きの子供たちは驚いて若様に駆け寄った。どうしてよいかわからぬ様子で泣いている若様を取り囲んでいる。なかには若様につられたかのように、同じようにおいおいと泣き出す子供もいる。

（なんでえ、意気地《いくじ》のねえ）

常吉は武家の子供たちに背を向けるとすたすたと赤城明神の境内を後にした。

家に戻ると父の鐵は長火鉢を前にして煙草を喫《の》んでいた。

常吉は赤城明神での出来事を鐵に話した。

「よしわかった……相手は人見さまだな」

鐵は常吉を叱りもせずうなずき起ちあがった。

着物のうえに羽織だけをひっかけ出ていく。

しばらくすると鐵は戻ってきた。

「怖がらんでもいい……ただこれからぁ、むやみな真似をするんじゃねぇョ、常」

鐵が戻ってしばらくすると、「御免。許せよ」という声とともに立派な侍が姿をあらわした。

侍は「人見典膳用人の某《なにがし》」と名乗ると、鐵に告げた。

「子供同士の諍《いさか》いゆえ、当家からはなにほどのこともなし」

にこりともせずに口上を述べると、侍は常吉にちらりと目を送り立ち去っていった。

（やっぱりお天道《てんとう》さまは見ていなさる。こっちが悪くなけりゃ、何ということもねぇンだ……それにしても……」

鐵はやれやれという顔でかしこまっていた膝を崩し、掌を首筋にあてて汗をぬぐっている。

「お父ッつあんはすげえや……お武家さまがわざわざうちにくるなんざぁ、さすがは神楽坂毘沙門裏の鐵親分だ……」

道を急ぐ常吉の脳裏に、三年前の鐵とのやりとりがよみがえった。まもなく二〇歳になろうかというときだ。

鐵は常吉に言い放った。

「おめえみてえな了見じゃ、とうてい十手もちにはなれねえ。やめちめえな」

「なんだっておいらが目明かしになれねえんでえ」

「それがわからねえ奴には、とうてい目明かしは無理だ、って話だ」

「へん、無理というなら知らねえや。目明かしなんぞになるもんか。糞《くそ》でも食らえ」

以来常吉は、大黒亭に入りびたりになった。

なぜ目明かしは無理だといわれたか、常吉にはわかっている。

鐵は寄席を経営するだけではなく、江戸の町のあちこちに貸家を所有している。だいたい、二〇歳にもなろうという常吉が日々ぶらぶらと寄席の楽屋で遊んでいられるのはなぜか。

そもそも子供の頃、赤城明神の境内で武家の子供を泣かせても無事に済んだにもそれ相応の事情がある。

目明かしという生業《なりわい》や世の中のからくりがわかってくるにつれて、常吉の心のなかには嫌悪の思いがつのる一方だった。

目明かしは町奉行所の同心の、いわば私的な手足となって江戸の町を歩き回る。自《おの》ずと、それぞれが隠しておきたい秘密や恥部を目にしたり耳にしたりもする。

常吉は盆暮れになると、「親分さんにはいつもお世話になっております」と挨拶にくる大人たちの姿を目にしてきた。それぞれが携えてくる『手土産』がなんなのかも理解してくる。

常吉のたまりにたまった思いが口をついて出た。

「それじゃ、強請《ゆすり》たかりじゃねえか」

そうではないとは常吉もわかってはいる。そもそも子供の頃、武家の若様を泣かしておいて無事で済んだ理由《わけ》も、今となってははっきりしている。なにしろ侍が相手だ。『神楽坂の鐵』という名や顔だけでことがすむはずがない。

大名旗本の屋敷では中間《ちゆうげん》という小者を多く使っている。中間のなかにはなかなか性質《たち》の悪いものも多い。甚《はなは》だしいものは主家の威光をかさにきて、町の人たちに難癖をつけ金品をせびったりする。そうでなくとも屋敷のなかにある中間部屋で御法度《ごはつと》の博打を開帳したりする。

目明かしは江戸町奉行所の御用をつとめるので武家屋敷には手出しはできないが、

町方の事件や天下の御法度の博打となれば話は別だ。

鐵などは神楽坂飯田橋《いいだばし》界隈のほぼすべての武家屋敷に利く顔をもっていた。常吉の一件もおそらく、先方に赴《おもむ》き話をつけたのだろう。あとからわざわざ用人もきて、「お構いなし」と告げたところは、常吉が泣かせた人見という旗本は鐵にかなりの厄介を負うていたのだろう。

わかってはいたが常吉の心の底には、おおきなわだかまりが渦を巻いたままだった。

「それじゃ、強請たかりじゃねえか」とは、常吉の偽らざる思いだった。

鐵から「おめえみてえな了見じゃ、とうてい十手もちにはなれねえ」と言い渡された常吉は以来、日がな一日『大黒亭』の楽屋にくすぶっていた。

（二〇歳を超えているのに……おいらは何をしているンだか……）

神楽坂から日本橋小舟町まで急ぐ。半時（一時間）と少しの道のりだ。

小舟町は名のとおり、江戸の町の水運をになう河岸《かし》がならんでいる。また下駄や雪駄などの履き物や傘をあきなう店などが並び昼は賑やかなところだ。

神楽坂や飯田橋一帯を縄張りにする鐵だが、なぜかこのところ、しきりに日本橋に出向いていた。

「こいつぁ見逃しにはできねえンだョ」というだけで子分の政五郎にも詳しくは語ってはいなかったという。

小舟町の番屋につくと、すでに町奉行所の同心は検屍《けんし》を済ませて引きあげていた。鐵の遺骸は筵《むしろ》をかけられて横たわっている。

常吉は筵をめくりあげ、鐵の遺骸と対面した。鐵は検屍のため下帯だけの姿になっていた。

身体中からは血の気が失せ、青黒い。鐵は目をつむり口を結んだ顔を真上に向けている。

腹には真一文字の傷が一本通っている。近所の医者が縫い合わせてくれていた傷口の端が赤黒くめくれあがっている。番屋のものに手伝ってもらい、鐵に着物を着せる。政五郎が立ち働いて車や筵を借りるなど鐵の遺骸を運ぶ算段をする。

人を雇って車を曳《ひ》いてもらい、常吉たちは番所をあとにした。時おり冬の冷たい風が音をたてて吹きつけ、遺骸にかけた筵の端をめくりあげる。神楽坂肴町に戻ったときは、もう日の暮れ方《かた》になっていた。

三

神楽坂肴町の家には大勢がつめかけていた。

町内の人たちに混じって、付き合いのある目明かしたちも集まっている。鐵とは兄弟分として親しかった本所牛嶋《うしじま》の安《やす》親分は常吉の顔を見るなり目を潤ませた。

「常よぉ……おめえの親爺も、とんだことになっちまったなぁ……」

安は額のまんなかに大きな瘤《こぶ》のある、いかつい顔の持ち主だ。子供の時分の常吉は牛嶋のおじさんが怖くてたまらなかった。

ただ安は言葉遣いこそ乱暴だが心根はやさしい。常吉は安に猫のように襟首を掴まれ鐵の遺骸を収めた早桶のすぐ前に座らされた。

「ここはおっ母《か》さんが……」と言いかけた常吉を、安はいつものように怖い顔をして叱りつける。

「べらぼうめ。通夜の席次の頭《あたま》ぁ総領のおめえに決まってらぁ……おとなしくいうことを聞きゃがれ」

常吉の生母はすでに亡くなっている。鐵の後妻の絹《きぬ》はもとは左褄《ひだりづま》をとっていた芸者だ。

売れっ妓《こ》だっただけあって絹は肝が据わっている。夫の変死にも取り乱したりはせず、細かく立ち回って通夜客たちの相手をしている。

さすがの安も、気丈な絹の様子には苦笑した。

「姐《ねえ》さんも、そんなんじゃ手伝いにきたわっちらの働きどころがねえ……早桶の前《めえ》におさまっててておくんなせえ」

「そうですかい……じゃ、兄さんのお言葉に甘えて……」

常吉の次には絹の産んだ弟の多吉郎《たきちろう》、その次に絹が座った。

多吉郎は一七歳。ひょろひょろと痩せた体つきからして常吉とは違う。大の学問好きなところから生前の鐡は「多吉郎には御家人の株でも買ってやって学問をさせるか」といっていた。

多吉郎は無残な鐡の死に顔色もない。

常吉の隣でずっと頭を下げしゃくり上げている。

(目から鼻へ抜けるような奴だがまだ子供だ、無理もねえ……)

常吉は弟の頭を撫でてやりたい思いにかられた。

泣き続けている多吉郎の頭越しに絹と目が合う。

座って落ち着くと改めて悲しみが湧いてきたのだろう、絹の目は少し赤い。絹は常吉にむかって小さく頷いた。

「常吉……ご苦労だったねえ」

「へえ、おっ母さん」

常吉も頷いた。

通夜の振る舞いは、近所の連中が手伝ってくれている。白い襷《たすき》をかけてかいがいしく働いている若い娘は同じく神楽坂の箪笥町《たんすちょう》の八百屋の美代《みよ》だ。

美代は一八歳になる。幼いころから何かにつけて常吉にじゃれついてくるおちゃっぴいだが、こうして立ち働いてくれている姿はなんだか頼もしく見える。

絹もしみじみと呟いた。

「美代《み》ぃちゃんも、あんなにくるくる働いてくれて、ありがたいことだねぇ」

落ち着いたらきちんと礼をしなければならねえ……と思った常吉だが、（ほどほどにしておかねえと美代《み》ぃ坊の奴ぁ、すぐつけあがるからなぁ……）と思い直す。

「どうも……とんだことでおます」

素頓狂《すとんきょう》な声とともに万作と蝶の夫婦も姿をあらわした。大黒亭にきていた芸人たちもぞろぞろとあとに続いている。

常吉は皆に声をかける。

「よくきてくれた……仏ぇ拝んだら、何にもねえが一杯呑《いっぺえや》ってってくんな」

芸人たちに酒が入った。

「どうも湿っぽくていけねえなぁ……お蝶さん、ひとつここはご陽気にお三味線《ぺんぺん》で景気をつけてくんなせえ」と調子にのった芸人がひと調子高い声を張りあげる。

「このとんちきめ……通夜で陽気もあるものか」と牛嶋の安が剣突を食らわせる。

賑やかな通夜になった。

常吉の隣で泣いていた多吉郎がようやく顔をあげた。

拳でぐいと洟《はな》をしごくと、吐き捨てるように呟いた。

「畜生め……お父ッつあんに逆恨みなんかしやがった悪党め……」

常吉は顔を前に向けたまま多吉郎に呟いた。

「逆恨みの悪党かどうかはわかったもんじゃねえぞ、多吉郎」

常吉は今度は多吉郎にまっすぐ顔を向け、告げた。

「腹の傷はただの一刀、真一文字だった……下手人は侍《さむれえ》だ、間違《まちげ》えねえ」

通夜酒に酔った芸人たちはなかなか尻をあげようとしない。万作などは先頭にたって騒いでいる。

「美代ィちゃん、あと二、三本つけてもってきてェナ」などと声を張りあげる。

蝶が「あんた、いい加減にするものだよ」と万作をたしなめるが、絹はうっすらと笑いを浮かべている。

「にぎやかなほうが仏も寂《さむ》しくねえだろう。遠慮しねえで呑《や》ったらいい」

万作は「そら、お許しがでたデ」と声を張りあげる。調子にのった芸人たちの騒ぎに、牛嶋の安が「なにもがんばってでけえ声を出せ、ってんじゃねえや、いい、とんちきめ……鐵は……鐵はなァ、ああみえて無闇な騒ぎは嫌《きれ》えなたちだったんだ」と睨みつける。当の安も茶碗酒を手から離さずあおっているから、もう朱泥《しゅでい》の仁王さまのような様子になっている。

真夜中近くになった。通夜客たちもそれぞれよりかかる壁や柱をみつけてこくりこくりと舟をこぎ始める。常吉の横でかしこまっていた多吉郎もこくりこくりとし始めたかと思うと、こてんと横倒しに寝入ってしまった。

にぎやかだった通夜が水をかけられたかのように静かになる。

眠気とたたかう常吉だが、鐵の腹を一文字に切り裂いた傷跡だけが妙な生々しさで目の前によみがえる。

鐵はなぜ、縄張りでもない日本橋で斬られるようなはめになったのだろうか。

勝手で眠気覚ましの茶を沸かしていた美代が顔をのぞかせた。顔が常吉を呼んでいる。

常吉は座を立ち、土間に降りた。

「こちらさんが……」

美代がむけた顔の先に、男がひとり立っている。

暗がりではっきりとはわからぬが、年齢は五〇歳ほどか。でっぷりと肥えた男だ。

男は両手を膝にあてると、常吉にむけて丁寧に腰をかがめた。

「手前……両替屋源右衛門《げんえもん》と申します」

深く柔らかいとろけそうな声だ。体つきと同じく福々しい顔だが、肉に埋もれて目のありかが分明ではない。眠った猫のような顔つきだ。

どうやら裕福なあきんどのようだ。鐵の知り合いとは思えぬが、常吉も腰をかがめて両替屋に挨拶をした。

「ようこそお越しで……狭《せめ》え家《とこ》ですが、仏に手を合わせてやっておくんなせえ」

両替屋は変わらぬ柔らかい声で応じる。

「お取り込み中でございましょうから、手前はここから拝ませていただきます」

両替屋は羽織の袂《たもと》から取りだした数珠を両手にかけると顔の前であわせた。数珠は水晶らしく、かすかな光を白く跳ね返す。

常吉は訊ねた。

「旦那は鐵とはどういう……」

両替屋は常吉の声が耳に入らなかったかのような様子で数珠をしまうと、「では、これで手前は」とふたたび膝に両手をあてて頭をさげた。

(なんでえ、この野郎は……死人の出た家の様子を見物にでもきやがったのか)

戸口の外に、両替屋の供をしてきたらしい男が立っている。藍色の着流しで腰に二本を差している侍だ。両替屋の用心棒でもしているのだろうか。

月明かりに侍の顔が浮かびあがった。

四

鐵の遺骸を寺に収めた翌日、鐵をのぞいては平素と変わらぬ朝餉《あさげ》だ。

常吉と弟の多吉郎、母の絹と美代。

「んっ……」

常吉は寝起きの目をこすった。

「なんだって美代ぃ坊まで朝飯を食ってやがンでえ」

美代はすました顔で椀を口元に運び味噌汁を啜《すす》っている。

絹は漬物をぽりりと嚙みながら常吉を見上げた。

「突っ立ってねえで早《はえ》とこ朝飯にしねえな。いつまでも片付かねえ……」

「でもおっ母さん、美代ぃ坊は一体《いってえ》……」

「いいじゃあねえか。美代ぃちゃんなら知らねえ間柄《あいだ》でもあるめえし。通夜から葬式から、よく手伝ってくれて……お父ッつあんが死んじまって家《うち》も寂《さむ》しいからきてもらったのサ。おめえも寂しかったら、一緒に添い寝でもしてもらいねえな。ねえ、美代ぃちゃん」

あけすけな絹の戯《ざ》れ口に、美代も平気で「あい」と応じる。

「勝手にしやがれ」

常吉はどかっと尻を落とす。美代が飯茶碗を山盛りにして常吉に渡した。

「ごちそうさまでした」

多吉郎はきちんと両手を合わせ頭を下げると、すぐに傍らにある包みを手にして起ちあがった。

「なんでぇ多吉郎、もう行くのか」

「はい、兄さま……本日は古賀精里《こがせいり》先生の出講がありますので、これは聞き逃せませぬ」

多吉郎は、常吉なら子守唄にもならぬ小難しい学問の話を聞きに行くといって目を輝かせている。

（こいつぁ、おいらとはどだい、できが違わぁ……）

朝餉を済ませた常吉は起ちあがった。

鐵の白木の位牌は白布に覆われた台に載せられている。位牌の前には鐵が使っていた十手が置かれている。

町奉行所の与力同心は銀流しで朱房《しゅぶさ》の十手をお上からいただく。目明かしは官許の十手はもてないので自前だ。鐵は柄に細引きを巻いた十手を使っていた。

常吉は十手と位牌を横目にみて表に出た。

「おめえみてえな了見じゃ、とうてい十手もちにはなれねえ」

鐵の声が常吉の耳の奥で鳴った。

（へん……十手もちなんぞになってやるものか、てんだ……）

外に出ると明るく気持ちのよい冬の朝だ。早くも軒の下には陽だまりができている。

猫が丸くなって気持ちよさそうに暖まっている。

家は出てはみたが、常吉にはどうやって一日を過ごそうかという思案があるわけではない。

鐵が死んで神楽坂一帯を見回る目明かしはいなくなった。生前に鐵が常吉を跡取りだといって引き回していれば別だが、実際は逆だ。

（このあたりの目明かしがいなくなったって、知った話ではねえ。糞でも食らえ）

大黒亭に顔を出して遊んでいこうか、と常吉は思う。

（通夜では万作や蝶も働いてくれたし、芸人どもも大勢顔を出してくれたからなぁ……ひとつぱっと、呑ろうか）

香典のなかから絹の目を盗んでいくらかをくすねているから懐はあたたかい。刺身やら鰻やらを取り寄せて大黒亭の楽屋で皆で酒でも飲んだら楽しいだろうと常吉は心に描く。

（精進落としだぁ……）

常吉は心に言い聞かせると足を早める。

「あっ、痛《いて》えッ」

歩きながら酒盛りの算段に心を奪われていた常吉に突き当たった者がいる。

この寒さに、おそらく着たきりらしい薄汚れた縞《しま》もの一枚こっきりの男だ。なにかを抱えているのか、背を丸めているから顔はわからぬがまだ若いようだ。若い男は常吉に突き当たって跳ね飛ばされ、地に転がった。

「この野郎、どこに目ェつけていやがるんでぇ」

若い男は地に転がっても抱えたものを離さない。常吉から逃げようとするが、気だけがはやって立ち上がれない。あたふたと地を這《は》うようにしてもがいている。

「他人《ひと》に当たっておいて黙って逃げる法があるか。なんとか言いやがれ」

常吉は若い男の襟首を摑んで引き寄せる。若い男は意気地なく「ひいい……」と泣いて尻餅をついた。

若い男が抱えていた着物が落ちる。木綿《もめん》の男物だ。

「ん……」

着物の襟には白紙が括《くく》りつけられている。

紙には『あまざけや』と仮名で書かれている。

甘酒屋は、神楽坂を千代田のお城の方角に下った飯田橋にある有名な古着屋だ。常吉はすぐにのみ込んだ。

「てめえ……甘酒屋から、この着物をくすねてきやがったな……太《ふて》え野郎だ」

若い男は常吉に向き直ると両膝をつき両手を合わせた。月代《さかやき》は伸び、顔も土埃《つちぼこり》に汚れて煤《すす》けているが、見たところ常吉よりも若い、二〇歳前だろう。太い眉の下の大きな目玉に涙を一杯浮かべ、両手を合わせて常吉を拝みながらもごもごとなにか言っている。

「あんっ……」

常吉は若い男の言葉を聞き取ろうとしたが、江戸の言葉ではない。よくわからない。なんでも「許してください」「出来心でございます」と繰り返しているようだ。

「おめえは、信濃者《おしな》か」

秋の田の刈り入れがすむと、信州に限らずほうぼうから、多くのものたちが江戸に出稼ぎにやってくる。車を曳いたり普請の人足をしたり、辛い仕事に従事して稼いでまた春には村に帰るのだが、なかにはそのまま江戸に居着くものも多い。

若い男はうんうん、と何度もうなずき、さらに両手を摺り合わせる。

「信濃の椋鳥《むくどり》かぁ……古着をくすねるなんざ、太え野郎だ。神妙にしやがれ」

常吉は片手で若い男の襟首を摑んだまま、空いているほうの片手で懐から手拭いを取り出した。

いっぱしの目明かしともなれば罪人を縛る細引きはいつも懐にしのばせているもの

だが常吉は手拭いしかもちあわせていない。それでも暴れものを縛るくらいの縄術《じょうじゅつ》は心得ている。ばたばたと暴れる若い男の両手を後ろに回して手首を括るなどは常吉にはたやすい。

常吉は若い男の襟首と縛《いまし》めた両手首とを摑んで起ちあがらせた。

とりあえずは飯田橋の自身番《じしんばん》に連れていかねばならぬ。

神楽坂を行き交《か》う人たちはみな常吉と若い男を見ている。

「あいつぁ、なにをやらかしたのかねぇ……手拭いで縛られてサ」

「引っ張っていくなぁ、ありゃ、神楽坂の鐵親分とこの息子じゃねえか」

「へえ、さっそく跡を継いだのかねえ。どうでえ、てえした若親分っぷりじゃあねえか」

若親分、といわれ、常吉は胸をそびやかした。

(おいらぁ、跡を継いだわけじゃねえ。継いだわけじゃねえが……どこのどいつか、『おめえはとうてい十手もちにはなれねえ』なんぞと言いやがった奴がいやがったなあ……へんッ、ざまあねえや……)

古着一枚でも盗人は盗人だ。まさか死罪や島流しのような目にはあいはしないだろうが、それ相応のお仕置きは受けねばならぬ。罪人が入れられる小伝馬町の牢といえば、この世の地獄ともいわれる怖ろしい場所だ。こんな頼りなさそうな若い男など、牢から生きて出られるかどうかも心もとない。

常吉は男の襟首を摑んだまま神楽坂を飯田橋に向かっていく。

「若……常吉さんじゃありませんか」

声をかけた男をみると政五郎だ。常吉の様子に目をまん丸にして驚いている。

「いってえどうなすったんで」

政五郎は顔を少し傾け、若い男が後ろ手に括られているところも確かめた。政五郎の顔がほんの少しだけゆるむ。ありあわせの手拭いながら両手の縛めぶりはまずまずだ、とでもいうかのようにわずかにうなずく。

常吉は政五郎の様子に少し得意になった。

「こいつが飯田橋の甘酒屋から古着をくすねて逃げる途中、おいらに行き当たったんでぇ。間抜けな野郎サ。いまから自身番にしょ引《び》いていくところだ」

「そうですかい……」

政五郎は少し考える体になると、常吉の手首を摑んだ。

「若……自身番にしょ引く前《めえ》に、こいつと一緒にちょいと顔を貸しておくんなせえ」

「どこへ行こうッてんだ」

政五郎は有無をいわさぬ様子で常吉を引っ張っていく。常吉はあらがえずに若い男ともども政五郎についていった。

五

政五郎につれられて常吉は毘沙門天の境内にはいった。神楽坂の毘沙門天はもとは麹町《こうじまち》にあったが二年ほど以前に神楽坂に移ってきた寺だ。

政五郎は境内の銀杏《いちょう》の陰にはいると、常吉たちに向きなおった。

「おめえは名はなんというのだ」

政五郎はいきなり若い男に訊ねる。

若い男は、常吉よりさらに目つきの鋭い政五郎に問われてすっかり怯《おび》えている。ただ口をもごもごとさせているだけだ。

政五郎は少し顔をゆるめた。

「そんなに怖がらねえでいい……っと、それじゃ手が痛くってろくに口もきけねえか……若、括った手を離してやんなせえ……いや、逃げようたって逃がしゃしません。請け合いますからまあ、手を解《ほど》いて……」

常吉は、有無をいわさぬ政五郎の口調に従った。

若い男は解かれた両の手首をさすっている。ほっとしたのか今度は落ち着いて政五郎の問いに答えはじめた。

男は名を庄助《しょうすけ》といい信濃の追分《おいわけ》の百姓だという。年齢は二〇歳。わずかながらの田畑で大人数の一家が食べていくという、当たり前の百姓家の息子だった。

庄助が十歳のとき浅間山《あさまやま》の大噴火がおきる。以来、追分あたりでも米や作物の不出来が続く。いよいよ一家も食いぶちに困るほどになった。

「それで江戸へ出てきたというわけか。お定まりの話だが、江戸に出てきてもすぐに食えるようになるわけがねえ。どうしていいかわからずまごまごしているうちに、古着をくすねれば金に換えられると悪い奴からきいたのだな」

「へえ……おらだけならなんとかなろうというものですが、妹の直《なお》がかわいそうで……」

「なんだ、おめえは妹も江戸へ連れてきたのか……手前《てめえ》の頭のうえの蠅《はえ》も追えねえのに妹の瘤《こぶ》つきたぁ、度胸がある、おそれいったよ」

驚く政五郎の言葉を褒められたと勘違いしたのか、庄助ははじめて「てへへへ」と白い歯をみせた。

常吉はあきれて口をはさんだ。

「政五郎、あとの調べは自身番でいいだろう。早《はえ》とこしょ引《び》いていこう」

政五郎は常吉にぐいっと顔を寄せた。常吉は、何を言われるのかと身構える。

政五郎は常吉に告げた。

「若、この野郎はこのまま逃がしてやろうじゃありませんか」

「なんだとッ」

常吉は目をむいた。

「たとえ古着の一枚でも、ものを盗めば天下の科人《とがにん》だぁ。見逃してはお天道さまに申し訳がたたねえ」

「ではごぜえましょうが……この野郎もこれに懲《こ》りて、もう悪さをする気遣いはねえでしょう……おいッ、庄助。もう金輪際《こんりんざえ》、悪さはしねえな」

庄助は目を大きく見開いて、うんうんと何度もうなずく。

政五郎は首に提げた巾着《きんちゃく》を開くと、一分金をとりだし庄助の手に握らせた。

「おめえなんぞに悪いことなどできやしねえ。江戸にいようと思うのなら、辛えかもしれねえが地道に働くしかねえのだぞ。わかったか」

庄助は一分金を両手で押しいただき、何度も何度も頭を下げる。

「ちょっと待て、おいらぁまだこいつを逃がすとは……」口を開きかけた常吉の耳の奥で、鐵の声が響いた。

「だからおめえには、とうてい目明かしは無理だといったンだヨ……いいからここは政五郎のいうとおりにしな……」

政五郎は庄助に告げた。

「こちらの若旦那にも、よっくお礼を申し上げな……神楽坂毘沙門裏の常吉親分だ。覚えときなヨ」

「待ってくれ……おいらぁまだ目明かしになると決めちゃいねえ……」

「へぇ、親分……ありがとうござえます」

庄助は二歩三歩と後ずさりをすると、踵《きびす》を返して駈けていった。

六

家に戻った常吉は大の字にひっくり返った。大の字になって目をつむる。政五郎の勢いに負けた形で庄助を逃がしてやったが釈然としない。

政五郎の勢いだけではない。耳の奥では鐵の声も響いていた。

（弔《とむれ》えを出してやったばかりだから、まだ成仏していねえのか……しゃしゃり出てきやがって、うるせえ親爺だ……）

鐵の死骸の腹の傷が目に浮かぶ。

（真一文字に斬り払った傷……ありゃ間違えねえ、腕に覚えのある侍に斬られたんだが、でもいったいなんだって、侍に斬られるような羽目になったんでぇ……）

鐵を殺害したものは必ず見つけ出してやると心に決めているが、相手が侍となると厄介だ。かなり腰を据えてかからねばならない。

（あちこち聞いて回るにも、寄席の楽屋番の身の上じゃ、はばが利かねえ。やっぱりここは十手もちになっておくしかねえか……）

政五郎のいうように庄助は悪さのできる男にはとてもみえない。ただ自身番には届けておかねばならないだろうと思う。

（あとからおいらだけ自身番にいってくるか……）

とりとめのないことを考えているうちに目がとろとろとしてきた。

「ごめんくださいませ。ちょっとお訊ね致します」

常吉は男の声で目を覚ました。目をこすって起き上がりながら応じる。

「へえ、どうぞずっとお入りになっておくんなせえ」

鐵の弔問にでもきた客だろうか。まさか着流しで応対もできない。常吉は位牌に備えられていた鐵の法被《はっぴ》を羽織《はお》った。

男はお店《たな》ものらしい。男は荷物もちとして前髪姿の子供の丁稚《でっち》も連れている。店ではけっこうな立場なのだろう。

男はこざっぱりした縞もののうえに法被を羽織っている。法被の襟には白く店の名が染め抜かれている。

『飯田橋　あま酒や』

男は両手を膝の上におくと、腰をかがめて挨拶をした。

「手前は、飯田橋で古着渡世《とせい》をしております甘酒屋の番頭でございます。神楽坂の親分さんに、御礼に参りまして……」

「親分……というわけではねえが、おいらぁ、昼前《ひるめえ》に甘酒屋さんから古着をくすねた野郎をとっ捕まえた常吉と申します」

「たいそうご厄介をおかけいたしました。品物はお身内の政五郎さまからたしかにお受け取りいたしました。こちらは御礼でございます。お納めいただきますよう」

番頭は丁稚にもたせた角樽を常吉の前に置いた。

「こりゃご丁寧に、いたみいりやす……せっかくお持ちだから、こいつぁありがたく頂戴いたしやす」

番頭は続いて懐に手を入れた。小さな白紙包みを懐から取りだし、常吉の前に置く。

「で、……れこにつきましては　抜きでお願いいたします」

「あん……」

常吉は声に出して番頭に訊ねた。

「れこで抜きたあなんでぇ」

番頭は「へっへっへ」と声をだしながら笑うと、「では手前はこれで失礼を」と言い残して去っていく。

白紙包みのなかは小判のようだ。常吉は目で厚みを測り「三両……いや、五両か」と見当をつける。

五両あれば二月《ふたつき》や三月《みつき》、食っていける。

（れこだの抜きだの、なんの話かわかりゃしねえ）

番頭が出ていくと入れ違うようにして政五郎が現れた。常吉の前にはまだ金包みが置かれたままだ。

「出しっぱなしはいけませんや、若、とりあえずお納めなすって……」

政五郎は甘酒屋の番頭が出ていった頃合いを見計らって戻ってきたに違いない。

常吉は政五郎に応じた。

「おいらぁ、わけのわからねえものはもらえねえ。れこだの抜きだの、なんの話でえ」

政五郎は他聞をはばかるかのように戸口を振りかえった。常吉に向きなおると困ったような顔つきになる。

政五郎は金包みを摑むと、「若、まっぴら御免なすって」と手刀を切り家にあがりこんだ。

金包みを鐵の位牌の前に置き、政五郎は常吉に向きなおり口を開いた。

「あの庄助って野郎がくすねた古着が、この金に化けたんでさあ」

「ふざけたことをいうな……あんな一分もしねえ古着が何両にもなるなんて……ひょっとしてお前さん、甘酒屋を強請《ゆす》るとかなにか、そこらの岡っ引《おかぴ》きみてえに悪さを……」

「とんでもねえ、若……そんな真似をしたら鐵親分が化けて出てとり殺されます……第一《でえいち》、甘酒屋は神楽坂じゃねえ飯田橋界隈の親分の縄張りだ。ほかの目明かし連中が黙っちゃいねえ。そんな真似はできやしません」

政五郎は穏やかに笑って続けた。

七

政五郎は庄助がくすねた古着をもって甘酒屋を訪れた。

江戸でいちばん大きな古着屋というだけあって二軒間口の店はなかなかの繁盛《はんじよう》だ。

政五郎は買い物をする客をかき分け、店のいちばん奥にはいっていく。店の奥は帳場になっており、膝を隠す格子状の結界の向こうでは年かさの男が忙しそうに帳面をつけている。

政五郎は遠慮なく帳場の前に腰をおろした。帳場の男はちらと目をあげる。帳場の男には、政五郎がただの客ではないとすぐにわかったのだろう。

帳場の男は筆をもったまま怪しむような目つきで政五郎に声をかけた。

「なにか御用で」

政五郎は素知らぬ顔を作って答える。

「なぁに、ちょいとこちらの旦那に用があってネ」

帳場の男はいよいよ胡散臭《うさんくさ》そうな目で政五郎をみる。

「主人《あるじ》はちょっと、手が離せない用をいたしております」

「そうかい。忙しくて会えねえ、と……ならお前さんにこの羽織を預けておこう。ほれ、襟のところに『甘酒屋』と書いてある……」

帳場の男は筆をおき、結界から出てきた。政五郎はぞんざいに扱ってよい相手ではないと見きわめたようだ。

「大変に失礼をいたしました、親分……手前は当家の番頭でございます。当家ではどなたに限らず、主人に取り次ぐ前にまず番頭の手前が御用のむきをうかがうしきたりになっておりまして……」

「そうかい、番頭さんかい。だったら旦那に伝えておいッくんな……甘酒屋《こちら》から羽織をくすねた男は、神楽坂毘沙門裏、常吉親分のところでふん縛《じば》っている。きょうの……そうだなァ……日の暮れ前には自身番にしょ引いていくつもりだ、と……」

政五郎は言い捨てて腰をあげる。番頭は「お茶も差しあげませんで……のちほど神楽坂にお礼にうかがいますので、神楽坂の親分には、なにとぞ、よしなに……」と政五郎を見送る。

番頭は、委細のみ込んだ、という顔つきになっていた。

……と、こういう話でござんす、と、政五郎は常吉に語った。

「若……庄助を自身番にしょ引いていったら、そのあとはどうなります」

「そりゃ、自身番から御奉行所に送られてお取り調べだぁ」

「さ、そこでござえます……御奉行所のお取り調べは、罪の重い軽いによって扱いがかわるものじゃござえません。盗まれた甘酒屋の主人も奉行所にお呼び出しとなりやす。たといくすねた古着が戻ったとしても、お調べは二日……悪くすりゃ三日がとこかかる。甘酒屋もたかが古着の一枚《いちめえ》で三日もかけられちゃ合わねえ話で……」

「だからこの話はお上には届けずにおいてくれ、と……届けから抜いておいてくれというわけか」

政五郎は続けた。

「若は子供のころからまっすぐな気性でした。こういうやり口はさぞ気に染まねえでござえましょう。ただ考《かんげ》えてもみなせえ。甘酒屋は品物が戻り、奉行所へ呼び出される手間もはぶけた。あれだけの身代、三両や五両で済めば安いものでさぁ。それにあの庄助という信濃者。どう見たって悪いことができる野郎じゃありません。ところがいったん牢に入ったら、もうまっとうな生き方はできねえ。本物の悪党になっちまうかもしれねえ……」

「だからといって、おいらぁ、いわれのねえ金ぁもらいたかねえや」

政五郎は目を細めた。まるで「それでこそ若旦那だ」といわんばかりの笑みを浮かべる。

政五郎は常吉を諭すかのような声になった。

「……でもござえましょうが、ここは納めておきなせえ……でないと……」

政五郎の声に力がこもった。

「本当に悪い奴と戦えませんぜ」

常吉の目に、鐵の腹に一文字に走った傷跡が生々しくよみがえる。

(これが『十手もちの了見』、ってやつかい……)

常吉は政五郎にむけて目をあげた。

「わかったヨ、政さん……これからいろいろ教えてくれ」

政五郎は常吉にむかって両手をついた。

「へい、常吉親分」

八

朝、というにはまだ早い。夜の明ける前だ。

「常さん、早く起きなさいよぉ」

常吉は早起きが苦手だ。ましてや江戸の師走《しわす》の朝方の寒さだ。いつまでもぬくぬくと布団にくるまっていたい。

（うるせえ声だなあ……若《わけ》え女の声てなぁ、脳天に響く……）

声から逃げようと常吉は布団にもぐりこむ。若い女の声はさらに常吉を追いかける。

「もうおまんまも炊《た》けているンだからさぁ」

（脳天に響いてかなわねえ。若え女の声……ンッ……若え女なんざ、家にいるはずはねえが……）

思ったとたん、常吉がくるまっていた布団が勢いよくひっぺ返された。常吉は素裸で寝ていたわけではないが、寝間着の前ははだけ放題にはだけている。

「うわあぁ……何をしやがる、美代ぃ坊……」

「常さんが愚図《ぐず》で起きないからよ。さあさ、さっさと顔を洗って……」

「お前……若え女が男が寝ているところに入ってきて……」

「だって常さん、いつまでも起きないから」

勝手から絹が声をかける。

「常吉、起きたんならさっさと朝餉を済ましな。もう政五郎も来るころだ」

「おっ母さん、美代ぃ坊がおいらの布団を……」

「美代ぃちゃんが布団を剝《は》いだがどうしたい……おめえ、ふんどしもしねえで寝てたのかい」

「いや、ふんどしはしていたが……」

「小娘じゃあるめえし、きゃあきゃあとうるさいヨ……だいたいおめえの代物なんざ、子供の時分からさんざ見られているだろう。ねえ、美代ぃちゃん」

「常さんのおちんちんなんか、もう見飽きてるわよぉ」

絹と美代は言いあってげらげらと笑い転げている。

元は芸者の絹は凜《りん》とした美人だが、いうことはあけすけだ。美代も子供のころから常吉を知っているだけに遠慮がない。

常吉は朝餉のご飯を嚙み嚙み、絹と美代を半々に見比べた。

(美代ぃ坊の奴、このところ毎日《めえにち》入りびたって家の用をしてやがン……ったく、かなわねえ……)

江戸の町の目明かしは、町奉行の同心の手足としてはたらく。公儀の正規の職分ではないから扶持《ふち》は受けてはいないが、同心からは折にふれなにがしかの手当が出る。

どの同心の配下になるかはなんとなく決まっている。

鐵が「旦那」と呼んで仕えていた同心は、北町奉行所二番組与力支配常廻《じょうまわ》り、石《いし》塚清十郎《づかせいじゅうろう》だ。常廻りは日々、江戸市中を見回って歩く役目の激務だ。また同心のなかでも手練《てだ》れのものでないとつとまらぬとされる。石塚は常廻りのほかにも水運を司る本所深川《ふかがわ》を管轄とする本所方同心も兼ねている。

鐵の跡を襲って神楽坂で十手もちとなる常吉を、牛嶋の安が石塚に引き合わせてくれる運びになっている。

飯を食っていると政五郎が姿をあらわした。

「なんですかい、まだ朝飯を……牛嶋の親分は気が短えから剣突を食らいますぜ」

常吉は朝餉もそこそこに政五郎と連れだって向島《むこうじま》にむかった。

向島は隅田川《すみだがわ》の東岸にあたる。桜がならぶ隅田川の堤など風光の地として知られ、武蔵《むさし》と下総《しもうさ》の境にあたる。九百年も以前に建てられた牛御前《うしのごぜん》と称される神社（現在の牛嶋神社）が鎮座している。牛嶋は牛御前を含む広い一帯を指す古くからの地名だ。

まだ夜は明けない。常吉と政五郎と連れだって足を早めている。

常吉は毛織りの首巻きをして寒さをしのぎながら歩いているが、先を行く政五郎は半纏《はんてん》を羽織っただけのいつもの形《なり》でまっすぐに伸ばした背を揺らしもせずに道を急いでいる。

(政さんはおいらなんかとは、どだい鍛えようが違わぁ……)

目明かしはこうでなければ勤まらぬのかと思うといささか心細くもある。

政五郎が足を停めて振り返る。

「若、お疲れになったんですかい……急がねえといけませんので、ひとつここは精を出して……」

「ああ、わかってるヨ」

子供扱いをされたようでいささか業腹《ごうはら》だが、政五郎は常吉が子供の時分から鐵のもとで働いている。常吉には「そりゃ少し口うるさくても当たり前《めえ》だ」とも思われる。常吉にとっては口うるさい政五郎だが、牛嶋の安の前ではただただ小さく縮こまっていた。

八丁堀の石塚の屋敷には、町の湯屋《ゆうや》の朝湯が開く前に着いていればよいはずだから、安のところの到着がさして遅れた訳ではない。

が、せっかちな安はすでに土間口に腰掛けて常吉と政五郎の到着を待っていた。

「遅《おせ》えじゃねえか、この愚図めが」

開口一番の罵《ののし》りは安のお約束だ。常吉は「うへぇ」とばかりに首を縮める。

「政、常みてえなのろまは、てめえがしっかりしなけりゃどうするんだ。とんちきめ」

「へえ……申し訳ごぜえません、親分」

鬼より怖いといわれる安の前では政五郎も神妙になるところがおかしい。

常吉は首を縮めたまま、手に提げた竹包みを安の前に差し出した。

「あのう、牛嶋の小父《おじ》さん……お袋が、白菜が漬かったから味見をしてもらえ、って……安サンは白菜の漬け物が好きだからねぇ……と……」

赤鬼のような顔つきで腹を立てていた安の顔がいっきにゆるんだ。

「そうかい、お絹姐さんが……そいつァかっちけねえ……」

鐵とは兄弟分の安は、神楽坂に初中《しょっちゅう》遊びにきていた。お約束で、いつも鐵と酒を飲んでは喧嘩を始めていたが、絹が「お前さん、いい加減におしよ。安、おめえも酒は大概《てえげえ》にしときなよ」と一喝するとふたりともしゅんとなって収まった。

安は竹包みを押しいただくと常吉に訊ねた。

「突然のことで、姐さんは参っちゃいねえかい。なにか困ることがあったら遠慮なく言って寄越《よこ》しておくんなせえ、と牛嶋がいってたと伝えッくんな」

安の声は優しかった。常吉は「へえ」と安にむかって頭を下げた。

九

江戸町奉行所の与力同心には八丁堀《はっちょうぼり》に組屋敷が与えられている。同心の屋敷は百坪ほど。公儀のなかでは軽輩にあたるので門なども屋根のついた冠木門は許されず木戸片開きの小門だ。

常吉は安に従って小門を入ると、庭先に回って縁側の前にうずくまった。この寒いのに開け放した座敷にむかって安が声をかける。

「旦那、おはようござぜえます」

「おう、安かい。ちょうど湯ゥにいくところだった。ついてきな……っと、そっちの若《わけ》え者が何かい、鐵《の》の息子かぁ……」

高くよく通る声だった。

石塚の言葉に常吉は「へえっ」と応じて頭を下げた。

石塚は四〇歳を四、五年超した年格好。江戸の町を歩き回る常廻り同心は日に焼けて色が黒いというところが通り相場だが、石塚は役者のように色が白い。小柄だが精《せい》悍《かん》で聞かぬ気らしい顔つきはいかにも頼もしい。

常吉と安は石塚の供をして亀島町《かめじまちょう》（日本橋茅場町《かやばちょう》あたり）の湯屋へ入った。

「おうっ、まっぴら御免……通らせてもらうヨ」

石塚は迷わず女湯の戸をくぐる。

軽輩ではあるが、同心には奇妙なしきたりが黙認されていた。同心は女湯御免だ。ゆえに亀島町や葺屋町《ふきやちょう》あたり、八丁堀者が出入りする湯屋の女湯には刀架けが設けられている。「女湯の刀架け」は八丁堀の七不思議に数えられていた。

朝は女たちはなにかと忙しく女湯は空いている。逆に男湯は朝湯好きの男たちで混み合う。男湯で飛び交う世間話を、人のいない女湯で耳に入れるというお役目上の都合でのしきたりだ。

同心が湯に入っている間、目明かしのような小者は衣類の番をするが石塚は「おう、安も若え者も入《へ》えンな」とふたりに声をかけた。安も常吉に目で合図をする。常吉は石塚とならんで湯船に浸かった。

髷《まげ》をくっている元結《もっとい》を切って髪を肩まで垂らした石塚は、「いい心持ちだ」と目をつむる。朝一番の熱い湯だ。石塚の額や肩口に汗の玉が浮きだす。常吉も辛抱して湯に浸かっている。

石塚が口を開いた。

「名はなんというんでぇ」

「へえ。常吉と申しやす」

新来の客がはいってきた。湯気をすかして見える姿は女客だ。

「おんや、清十郎の旦那。毎朝のお湯《ぶ》うで、ご熱心なこと」

白い肌を晒《さら》しながら石塚に軽口をたたく。粋筋《いきすじ》の女だとみえる。常吉は目のやり場がない。

石塚も調子よく応じる。

「おうよ。姐さんが入える前に、湯加減をみていたのサ」

女は横目で常吉の様子をみながら湯船に白い裸体を沈める。常吉はますますもって目のやり場に困る。

石塚が湯船を出て洗い口に腰をおろした。先に出て糠袋《ぬかぶくろ》をつかっていた安がまた目で合図をする。常吉は石塚の背中を流した。

「しかし鐵も、とんだ目に遭《あ》っちまったなァ……」

「へえ」

「神楽坂の鐵が日本橋で命を落とすたぁ、これはまた……」

隣で安がゴホンと大きな咳払いをした。石塚は言いさしたまま口をつぐみ、もうなにも喋らなかった。

目明かしが縄張りの外まで出ていくとは尋常ではない。周囲に耳のあるところでの話は禁物だ。

湯からあがった常吉は、畳んでおいた着物のうえに置かれたものをみつけた。

「これは……」

長さは一尺ほどで鍔元《つばもと》に鉤《かぎ》のついた真新しい十手だ。

あらかじめ石塚が湯屋のものに言いつけておいたのだろう。

十手には朱色の房がついている。

朱房は公儀の与力同心の十手で、目明かしには許されてはいない。

「鐵への手向けだ。そう目くじらをたてる奴もいねえだろう」

常吉は十手を押しいただくと、石塚に腰をかがめた。

「旦那……ありがとうごぜえます……」

屋敷に戻った石塚は、待っていた髪結いに月代《さかやき》を剃らせ髷を結わせる。髪結いは公方さまでも一日おきというが、八丁堀には髪結いが毎日訪れる。女湯と同様、八丁堀ものの特権だ。

石塚は座敷で髪結いに髷を結わせながら常吉に告げた。

「勝手で朝飯でも食っていくといい。ほかの目明かし連中もきているだろうサ」

八丁堀の与力同心宅には手足となる目明かしたちが始終出入りをしている。宅の勝手では訪れる者たちのために飯や汁だけでなく酒肴《しゅこう》も切らさないという。

石塚の勝手の板の間では、すでに数人のものたちが干物で酒を飲んでいた。いずれも安や鐵のように、いや、さらに怖いひと癖もふた癖もある面構えだ。

「おう、牛嶋の……ここンとこ、鼻の頭ァ見せなかったじゃねえかよお」

ひときわ大柄な男が安にガラガラした声をかける。男は大きな目玉で常吉をじろりと睨む。酒のためか赤鬼のような顔になっている。

「この若え者《の》は誰だ」と無言で問うている。

安は居あわせたものたちに告げた。

「こいつぁ、神楽坂の鐵の息子で常吉というン……よろしく引き立ててやっツくんねえ」

神楽坂の鐵の名に、一同は納得したようだった。赤鬼は手招きをして常吉を呼び寄せた。空いていた湯飲み茶碗に酒を注ぎ、突き出す。

（うわぁ……朝から酒かぁ……）

常吉は辟易《へきえき》としたが、安が「口だけでもつけな」と目で合図をしている。常吉は一口だけ酒を啜ると、「へえ。いただきやした」と挨拶をした。

「お前の親爺もなあ……おれはちょいと出張る用があって、弔《とむれ》えには行けなかった。勘弁しツくんな……いいか若え者……」

赤鬼は大きな目玉で勝手に居あわせたものたちを見回す。

「世の中の目明かしには、ずいぶん悪い奴らもいる。町の人たちを強請る、たかる……それで目明かしは嫌われもするのだが、ここ、石塚の旦那のところに出入りする目明かしには心得違いをしている者はひとりも居やしねえ。弱い者ではなく本当に悪い奴をふん縛《じば》るためにはたらいているのだ。ここンとこは、考え違えをしちゃいけねえヨ……」

「へえ」と頭を下げた常吉の様子に赤鬼は相好を崩した。

「素直ない い若え者《もん》じゃあねえか……鐵たぁ大違えだ。さ、もっと吞《や》りねえ……」

赤鬼につかまって困っている常吉に、奥からでてきた用人が声をかけた。

石塚がなにやら用があるらしい。

「まっぴら御免なすって……」

これ幸いと常吉は手刀を切って起ちあがった。

石塚は髪結いを済ませ、開け放したままの縁側から庭をみながら煙草を喫《の》んでいた。

「おう常の字、まだ居てよかった」

石塚は、ふたたび庭先にうずくまった常吉に告げた。

「少《ち》いとおめえに調べてもらいてえ話がある……奇妙な話だから、古株のおっかねえ顔つきの連中には声をかけ辛かったのだが……こういう話だ」

第二章　鐵の情婦《おんな》

一

まったくわけのわからぬ話だ。八丁堀の石塚の屋敷を出た常吉は腕組みをしながら歩いた。知らぬ間にかなり足早になっていたようだ。背後から政五郎が声をかけた。

「若、石塚の旦那がおっしゃっていた備中屋とやら、様子だけでも……」

「ああ、おいらも最初《はな》っからそのつもりサ」

なりたての目明かしとはいえ子分から指図めいた声をかけられ、常吉の返答もつい荒い調子になった。常吉は石塚からもらったばかりの十手を帯の前にさしてはいるが、百戦錬磨の政五郎には、どだいかなうはずもない。

常吉は政五郎に訊ねた。

「まずは店の主人に会ってみるかぁ」

「それも良うございますが、石塚の旦那もお急ぎではないようで……今日のところは町役人《ちょうやくにん》に話だけきいて、ぐるり見ておくだけにしておきやしょう……」

また半人前扱いで忌々《いまいま》しいが、政五郎には従うの一手しかない。

日本橋本銀町《ほんしろがねちょう》（中央区石町・室町あたり）は八丁堀と接する町だ。

備中屋は本銀町で唐物《からもの》や和物の薬種を扱う薬種問屋だった。御典医《ごてんい》に薬を収めるほか大奥の御用もつとめる羽振りの良い店だ。

石塚によると、ここ備中屋の娘で一七歳になる松《まつ》という一人娘が、なんと一夜のうちに男に変じてしまったという。

「そんなべらぼうな話などあるはずもねえ、というものだが、妙ちきりんな話が広まると世の中がざわついていけねえ……ちょいと調べといッくんねえ……」とは石塚の言葉だ。

備中屋は間口は広くはないがなかなか格式の高そうな店構えだった。小売りはしない問屋なので買い物客の出入りはない。ごく静かなたたずまいだ。

主人《あるじ》の伝右衛門《でんえもん》は情け深い人物として知られている。盆暮れや、祖先の年忌など折にふれて貧しい人たちや物乞いへの施しもしている。松は『薬屋小町』といわれるほど美しい娘として知られていたらしい。

近隣に長屋をいくつかもっている。貧しい出あきないのものたちが住んでいるが、家賃が滞っても因業《いんごう》な取り立てなどはしない。

江戸には町々を差配する町役人がいる。

町役人は常吉にまっすぐに顔を向け答えた。

「備中屋さんを悪く言うものなど居りませぬ。このたびは、なんとも奇妙な話でお気の毒というか、いやはや」

備中屋は町内でも評判のよい、いや、評判がよいどころか神のごとくあがめられているようだった。

「へぇぇ……金持ちだの物持ちだのは大概《てえげえ》まわりからは嫌われているものだが、そうでねえ人《しと》もいるんだなあ……」

常吉は感心して漏らす。政五郎は無言のままだった。


神楽坂にはちょうど午《ひる》ころに戻った。

常吉は目をむいた。

「な……なんで家《うち》にこんなに人が大勢いるんでぇ」

常吉の家の座敷では昼飯の最中だ。母の絹と弟の多吉郎のほか、おちゃっぴいの美代に加えて万作と蝶の夫婦もあがりこんで飯を食っている。

絹が飯茶碗を手にしたまま顔をあげた。

「戻ったのかい。石塚《だんな》ァ、お変わりなかったかい……そうかい、井戸で手を洗って飯にしな。政五郎も午ゥ、食ってくといい」

政五郎は腰をかがめて「へいっ」と挨拶をする。

「はい」と美代が大盛りの飯を常吉の顔の前に突き出す。

常吉は小声でこぼした。

「なんでまた美代ぃ坊もいやがるン……しかも万的なぞは夫婦で上がり込んでやがン……」

絹は平気な顔で「飯は大勢で食ったほうがうめえじゃねえか」と言い放つと、万作に顔をむける。話の続きを聞きたがっている様子だ。

「で、公方さまンとこは、また子供が生まれるのかい……へぇえ……お盛んな話だねぇ……」

万作はどこから仕入れてくるのか、まだ世の中には知られていない噂話の類いをよく知っている。ときどきは高座で披露したりする。常吉も楽屋で聞いていたが、万作は本業の軽口滑稽《こっけい》噺より噂話のほうが客の受けがよいくらいだ。

千代田のお城（江戸城）にいらっしゃる公方さまは、神君家康《いえやす》公から数えて十一代目、諱《いみな》を家斉《いえなり》というお方だ。当年二二歳。すでに四人の子がいるらしい。「ったく、二二といやぁ、やりてえ盛りでおますから……」と万作が口を滑らす。隣の蝶が「ヘンなことをお言いでないヨ」とばかりに、万作に思い切り肘鉄砲を食らわせた。

まもなく生まれる御子の母親は水野《みずの》忠直《ただなお》という武家の娘というが、万作によれば「どうだか知れたものじゃおまへン」。

「公方さまは女好きで、江戸の町で目についた娘を大奥にいれる役目のお侍もいるそうで……」

「まさか、そんなべらぼうなお役目などはありゃしねえだろうが……」

先ごろ老中首座のお役目を解かれた奥州白河の国主、松平越中守定信《まつだいらえっちゅうのかみさだのぶ》さまは万事につけ厳しいお方だった。

越中守さまの前に権勢を振るっていた田沼主殿頭意次《たぬまとのものかみおきつぐ》さまの華美好みからは一転して質実倹約の一点張り。『武士は武士らしく、民は民らしく』を旨としておられたから、公方さまも頭を押さえつけられ贅沢《ぜいたく》など思いもよらぬ話だったのだろう。

越中守さまが排除されたからといってすぐに世の風が変わるものではない。越中守さまを支えてきた松平伊豆守信明《まつだいらいずのかみのぶあき》さまが老中首座に就き睨みを利かせておられる。

それでも越中守さまという重しがなくなったという事実は大きい。公方さまに取り入ろうとする輩《やから》が後を絶たないらしい。江戸の町も少し浮き立ち始めているかのようだ。

浮き立つ心が世の乱れになってはいけない。町の隅々に目を光らせる目明かしの役目も、いよいよ大切になるはずだと常吉は心に言い聞かせた。

常吉は石塚から預かってきた香典を絹に渡した。絹は押しいただき鐵の位牌に供《そな》える。

常吉は石塚から命じられた備中屋の奇妙なできごとを皆に話した。

「女が男に変わっちまうなんて、そんなことってあるのかねえ……」

「聞いたことおまへんで……」

皆てんでに「奇妙だ」「そんなことがあるのか」と口にするだけで役にはたたぬ。

常吉は腕組みしたままじっと考えこんだ。

「石塚の旦那のお指図だから調べねえわけにはいかねえが……もう少《ち》っと、らしい話はねえものなのか……」

二

昼餉《ひるげ》が済むと万作と蝶は大黒亭に戻った。美代も八百屋に戻る。政五郎は、「それじゃ、あっしも御免なすって」と絹と常吉に頭を下げた。

絹は「あいよ。ご苦労だったねえ。これ……」と声をかけ政五郎に白紙をひねったものを渡した。なかには二分ほど入っているのだろう。

絹は常吉に告げた。

「こういうことに気がついてくれるものがいねえと目明かしなんざやってはいかれねえからねぇ……おめえも早えとこ……」

嫁をもらえなどと言いだしかねない絹の機先を制そうと、常吉は口を開いた。

「おっ母さん、そういう気配りならおいらもできますって……」

「わかってないねえ」

絹は常吉を決めつける。

「たとい目明かしでも、親分といわれる人が子分に直《じか》に小遣いを渡していたんじゃ貫《かん》禄《ろく》がつかねえ。いろいろと気を回してくれるものがいるというンで、ああこいつには貫禄がある、とまわりも見てくれるというものサ……」

「そんなもンですかねぇ……」

「そんなもんサ……」

決めつけられはしたが絹の声は優しかった。

多吉郎は奥の小部屋に引っ込んでいる。おおかた書物だろう。常吉は針仕事をはじめた絹のかたわらに寝転がり天井を眺めていた。

眠気がさし、とろとろとしかかる。

「御免なすって……神楽坂の親分さん……」

戸を開けて入ってきた男がいる。常吉は起き上がった。

四十がらみの小男だが頭だけはいやに大きい。反っ歯《そっぱ》に吊り目。貧相な男だ。尻からげの裾をはさんだ帯の後ろには十手を差している。この男も目明かしらしい。

「手前は日本橋小舟町で十手をお預かりしておりやす、駒蔵《こまぞう》と申しやす……」

日本橋小舟町といえば鐵が斬られた場所だ。

常吉は着物の裾を整え、駒蔵の前になおる。

「それはそれは……親爺がいたくご厄介をかけました……」

「鐵親分にはとんだこって……へっへっへ……」といいながら駒蔵は勧められもせぬまま上がりがまちに腰をかける。駒蔵は値踏みをするかのようにぐるりと家のなかを見回した。声や口調もどことなく卑屈《ひくつ》だが、抜け目がなさそうだ。

茶を汲んで駒蔵に勧める絹が常吉に眼を送った。

(用心おしヨ……碌《ろく》な者《もん》じゃないヨ……)

駒蔵はやたらに恐縮したそぶりで湯飲みをおしいただくと、ことさらに音をたてて茶を啜る。

絹の目配せを受けた常吉は、駒蔵に話を向けようとはせず黙ったままでいる。茶を啜った駒蔵もしばらく黙ったままでいる。常吉からなにか話してくれると楽なのだが、という様子だが、黙っている常吉にしびれを切らしたのか、さあらぬ風を装って口を開いた。

「神楽坂の親分が日本橋まで出張ってこられてとんだ災難……なにを探っておられたンでしょうかねェ……」

「さあ……親爺からはなにも聞かされていねえままでしたンで……」

「日本橋の件なら、この駒蔵の縄張り……引き継がせていただきやすが、なにか心覚えのようなものは残っちゃおりませんか」

「親爺の遺したものにはまだ手もついちゃいませんのでなにも……それに生前もお役目について話したり、ましてや書いたりはしねえ人《しと》でしたんで……」

「なにか出てきやしたら、ひとつ手前にお知らせ下せえ」と告げた駒蔵の眼が、一瞬、鋭くなった。

「今度の件についちゃ、心配なさっているお方もおいでなんでね……へっへっへ…

……」

常吉が睨んだとおり、鐵の死は逆恨みのような単純な話ではなさそうだ。それにしてもこの駒蔵という目明かし、露骨に脅しめいた言葉をかけるとは、常吉を若輩とみてずいぶんと侮《あなど》っているようだ。

(この野郎……面《つら》ァ舐《な》めやがって……おいらがおそれいるとでも踏んでいやがるのか……)

憤りはしたがここは素知らぬ顔をしておくよりほかはない。黙ったままの常吉の様子に、駒蔵はさらにかさにかかってきた。

「なにがあったのかは存じませんが、わざわざ神楽坂から出張ってこられなくとも、日本橋のことはこの駒蔵が引き受けやすんで……へっへ……お互《たげ》えの持ち場所、縄張りは大事《でえじ》にしていきましょうや。ねえ、神楽坂の若親分……」

ねちっこい口調がいちいち癇《かん》に障《さわ》る。なにか言い返してやろうと、常吉が口を開きかけたそのとき。

かたわらから絹が細い手を伸ばした。駒蔵の前に白紙を折りたたんだ包みを滑らせる。

「小舟町の親分には、亭主がご厄介をかけました……すぐにご挨拶に伺わなけりゃならなかったんですが、お察しのとおり取り紛れておりまして……親分のほうからわざわざお越しいただいちまって、どうもお恥ずかしい限りでござんす……これで清めの酒でも買っておくんなさい」

平たい紙包みだ。小判一枚、一両といったところか。

（おっ母さん、助かった……）

常吉は心のうちで礼をいう。なるほど、いろいろと気を回してくれるものがいると助かるものだ。

駒蔵は相好を崩し、紙包みを押しいただいた。

「姐さん、そんなつもりで来たんじゃありやせんが……まあお志、お納めさせていただきましょう……じゃ、なにかわかったら間違えなく教えてくんなせえよ、若親分……」

三

駒蔵が出ていくと常吉は起ちあがった。

絹が訊ねる。

「どこへ行くんだい」

「どこへ、って……あの駒蔵って奴、どうも怪しい。気にくわねえ……これから小舟町へ行って……」

常吉が言いかけると絹は手の甲を口にあてて笑った。

「おめえのその心がけは偉《えれ》ぇが、おおかた小舟町にはもう政五郎が足を向けてるヨ」

「えッ、政さんが……」

「政五郎は神楽坂の鐵が手塩にかけて育てた子分だ。親分からいわれて動くようなドジ助であるものか」

政五郎なら江戸じゅうの目明かしはすべて見知っている。場違いな神楽坂界隈に姿をみせた駒蔵を見逃すはずはない。

「しかし駒蔵の言い草じゃねえが、神楽坂の目明かしの子分が日本橋あたりをうろうろ嗅ぎ回ったりしては具合が悪いというものじゃねえですか……」

絹はまっすぐに常吉に顔を向けた。

「常……おまえは石塚の旦那がなぜ妙ちきりんな話を調べるようお命じなすったか、考えたかい」

「そりゃ、あっしがまだ駈けだしで頼りねえから……縄張りの外の日本橋界隈だが妙ちくりんな話をあてがっておこうという、ご親切で……」

いいさして常吉は「あっ」と声をあげた。

「石塚さまのお指図があれば、日本橋のあたりを大手を振って調べられる……」

絹はほほえんだ。

「わかったかい……遠慮しねえで、親の仇《かたき》を捜しなという旦那のお志サ……」


夕刻になり政五郎が戻った。絹のいったとおり、政五郎は小舟町界隈について調べをはじめていた。

江戸には諸国から多くの物資、名産品がとどく。江戸への輸送には大量に運べる船がつかわれる。江戸の町には掘り割りが縦横に走り、荷が揚げられる。小舟町もその名のとおり、諸国から届く品々の荷揚げで栄えている。

「駒蔵てぇ目明かしは界隈でもあんまりよく言う奴ァいねえ……まあ、当たり前の目明かしと同じように嫌われている野郎のようで……」

「まあ駒蔵が親爺《や》を殺った下手人とは思わねえが、わざわざうちに探りをいれにきたからには、まんざら何も知らねえはずはねえ……さてどうするか……」

常吉は思案のあげく、万作を呼んだ。

「ご苦労だが駒蔵の様子を見張ってくれねえか。どこへ行ったか、誰と会ったか、毎《めえ》日《にち》知らせてもらいてえんだ……」

「ほいきた。任せておくんなはれ」

万作は嬉しそうだ。

「これでわたいも神楽坂の常吉親分の第二の子分、でンナ」

政五郎がすかさず釘を刺した。

「場所は相手の縄張りの日本橋だ、つまらねえ子分風なんぞ吹かすんじゃねえぞ……危ねえ目に遭いそうになったらすぐに逃げるのだぞ」

「へえへえ」

売れない芸人ではあるが万作は役目を忠実にこなした。文字通り駒蔵の行く先々をつけてまわり、こと細かに常吉に報告する。

「今日は昼前まで寝てたようで……前の晩には徳利《とつくり》をさげて酒を買いにいってますによって飲んだンですな……そんで町内をひと廻り……ところどころ、店先からなかに声をかけよるン……『なんか、変わったこたァねえか』って言い終わると右手で頭の後ろを掻《か》いてまン……こんなふうに……すると袂《ふところ》が開きまっしゃろ、そこへ店のモンが白いお捻《ひね》りをポンと放りこみまんねん。ぞんざいなお店《たな》やと、もうお捻りもこさえんと一分金をままで投げ込むン……すると駒蔵は『なんかあったら、すぐに知らせるんだぞ』てなことをゆうて次の店に……わたいのみたところ、町内を一廻りして二、三両はせしめてまんナ……」

「そんな話ぁ、聞きたくもねえ」

常吉は万作のだらだらと続く駄弁につきあわされる毎日だった。

「親分……きょうは駒の字、オモロイとこへ行きましてン……」

万作が得意な様子で戻ってきた。

「生意気に小汚い羽織なんぞを着ましてナ、麹町《こうじまち》に……」

麹町は武家が住まうところだ。町方のもの、しかも日本橋の目明かし風情が足を向けるところではないはずだ。

常吉の胸に薄黒い霧がかかり始めた。

駒蔵は麹町にある武家屋敷に入っていった。

「目明かしが侍《さむれえ》の屋敷に……誰の屋敷でぇ」

「通りかかったあきんどに聞いて確かめましてン……平賀式部少輔《ひらがしきぶのしょうゆう》さまゆうお旗本で」

常吉は武家の名簿、武鑑《ぶかん》を開いた。

「平賀式部少輔貞愛《さだえ》さま……ほう、長崎奉行をつとめておられるお人だ。たいそう出世なさっている方のお屋敷じゃねえか」

「へえ。わたいもおかしい思いましてン……御門の潜《くぐ》り戸を見張ってますと、小半時（一時間）ほどして駒の字が出てきたんでおます……お侍がひとりと、それにあきんどらしいよう肥えた男がひとり……」

「なんでえ、その『あきんどらしい』てえのは」

「きちんと羽織を着けて身なりはどこぞのあきんどの旦那みたいな姿でおますが、それがうしろにひとり、浪人ものを従えていたんで……目つきの鋭い、見るからに腕の立ちそうな浪人もので。あら、間違えなく用心棒ですワ」

「ふうん……たしかに用心棒をつれて歩き回るあきんどはいねえなぁ」

「でっしゃろ。で、わたいはこいつらの正体を明かさなアカん、と思いましてン」

「おいおい、無茶なまねをするんじゃねえといっておいたじゃねえか」

万作は鼻の頭を上に向け、ちょっと得意そうな顔つきになった。

「心配はご無用。ちゃあんとやつらの名がわかりましてン」

駒蔵たちの姿が見えなくなるや、万作は平賀の屋敷の潜り戸を叩いた。六尺棒を抱えた門番が胡乱《うろん》げな目を万作にむける。

万作は平気な顔で門番に話しかけた。

「ちょっとものを伺います……わては大坂堂島《どうじま》の米問屋、手嶋屋の手代でございますが……今しがた出ていかれたンは、あら大坂の同商売、吉津屋の旦那でございましょう。江戸に出てきハッタとは少《ち》ィとも存じませんで……お宿のほうにご挨拶に伺おう思いますんやが、どちらにご滞在か、ご存じおまへんかと思いましてン、へえ……」

武家屋敷の門番といえば誰からも怖れられる強面《こわもて》だが、聞き慣れぬ上方言葉でまくしたてる万作にはいささか毒気を抜かれたようだ。不機嫌な顔つきのまま「あれは吉津屋などというものではないわ」と万作を叱りつける。

「いえ、始終お目にかかっておりまっさかい、見間違えなどはおまへん……江戸で行きおうて挨拶もせなんだゆうたら、あとでわてが主人から叱られます。どうか教えとくんなはれ」

拝むようにして頼む万作に、門番は面倒くさそうに答える。

「あのものは、両替屋源右衛門と申すものじゃ。わかったか。わかったら通れ、通れ」

追い払いにかかる門番に万作はなおも食い下がった。

「けったいヤなあ……ご一緒に帰らはったお侍、あら九州の黒田さまの大坂蔵屋敷御用人、福沢さまでおまっしゃろう」

「違う、と申すに。あれは水野若狭守《わかさのかみ》さま家中の用人、立岩宗次郎《たていわそうじろう》殿じゃ」

常吉は感心した。

（へぼな芸人と思っていたが、万的もなかなかやるじゃねえか）

万作は門番の返答になおも首をひねって「おっかしいナぁ……てっきりわては吉津屋の旦サンと福沢さまと思うたんでございますが、なあ……」

門番は少し眉をひそめはじめる。万作をどこか怪しい奴と思いかけている。

「わての粗忽《そこつ》でございました、エラいお手間をとらせました……ほなこれで」

門番が呼びとめる間も与えず腰をかがめて素早く立ち去った。

「両替屋源右衛門……鐵の通夜に顔を出した野郎じゃねえか……立岩宗次郎という侍と駒蔵……駒蔵とつるんでいやがったのだから、どうでも鐵の一件とかかわっているに違えねえ……」

常吉は腕組みをした。

わざわざ鐵の死を確かめるかのように通夜にやってくるとは、どことなく気味の悪い男だ。

が、腕組みをしたところでなにかに思いいたるというわけでもない。

と、奥から多吉郎が声をあげて駈け込んできた。

「兄《にい》さま、わかった……わかりました」

四

奥で書見でもしていると思っていた多吉郎が叫びながら駆けこんできたので常吉は驚いた。

「どうした……なにがわかったンでェ……」

多吉郎の顔は紅潮している。目は嬉しさからか輝いている。

「両替屋というあきんどをおめえ、知ってるのか」

「いえ、そんなこっちゃありません」と多吉郎はさらに目を輝かせている。

「兄さま、女が男になる例《ためし》がございました」

「ああ……そっちの話か……」

駒蔵の一件に気をとられていたため、常吉は備中屋の話をすっかり忘れていた。

常吉が日本橋界隈を動きやすいよう石塚があてがってくれた珍事だが、なにかしらの目鼻をつけて報告はしなければならないだろう。女が男に変わるという話に目鼻をつけるなど、まともに取り組んだところでできようはずはない。なかなかの難物だ。

常吉は多吉郎に訊ねた。

「そんな妙きちりんな話があるのかい」

「はい」

多吉郎は得意そうに話し始めた。

「法華経提婆達多品《だいばだつたほん》には、八歳の龍女《たつめ》という女子《じょじ》が男になって仏になった、とあります。変成男子《なんし》として知られる話です。

それからぎりしあという国にかいにすという女がいたのですが、男になって名をかいねうすと改めました。かいねうすはたいそう強い男だったそうです」

「はあ……」

常吉は力なく息を漏らした。

多吉郎は無類の学問好きだ。和書だけではなく漢籍から阿蘭陀《おらんだ》や英吉利《いぎりす》の文字も読める。阿蘭陀や英吉利の書物は市中では禁制だが医術などごく限られた分野にたずさわるものはこれら洋学を学んでいる。

多吉郎は洋学者たちから言葉を学んでいるが、どうやら異国の言葉を学ぶ才は類をみぬほど飛び抜けているらしい。洋楽の書物を読みこなすだけではなく、異人と通詞《つうじ》なしで話もできるという。

ぎりしあなど常吉はどこにあるかも知れぬが、そんなところの話が備中屋の一件の解決に役立つとは思えない。

「かいにすがなぜ男になったのか、兄上、知りたくはございませんか」

「いや、またにしておこう」

多吉郎は常吉のうんざりしている様子に気づかぬらしく、さらに得意気に続ける。

「ぎりしあといえば、男が女になった話もあります。ていれいしあすという男は、蛇《へび》が番《つが》っているところを杖で打ったところ女になってしまいました。七年間女として暮らしたあと、また番った蛇を杖で打ったところ男に戻ったそうです」

放っておくと止めどなく続きそうだ。常吉はうなずきながら口をはさんだ。

「おめえは本当《ほん》にものを知っているなあ、多吉郎」

ほめられて嬉しそうな顔をみせる多吉郎に、常吉はさらに続ける。

「でも備中屋の娘は、蛇を棒きれで叩いたりはしそうにねえぞ……」

多吉郎はすぐに悲しそうな顔になった。

「そうですか……兄さまのお役にたちませんか……」

常吉はあわてて慰めにかかった。

「いや、なかなか面白え話だ。うん、面白れえ……しかし仏さまの話とかぎりしあの蛇とかではなくて、もう少《ち》っと手近なところでねえもんかな」

「ここ日《ひ》の本《もと》にはなかなかないようで……ヤマトタケルノミコトがクマソを討つときに女に化けたという話はありますが……」

「ふうん……女に化ける、なあ……芝居《しべえ》の女形《おんながた》みたような話か……ま、また面白え話があったら聞かせてくれ……」

「はい。兄さま」

多吉郎は兄から頼りにされていると思ったらしい。しょんぼりとしていた両の眼が、またきらきらと輝いている。

常吉は苦笑するほかはなかった。


政五郎や万作は毎日日本橋の界隈を歩き回っている。いっぽう常吉は暇だ。

駒蔵がなぜ元長崎奉行の平賀の屋敷に出入りしているのか。

常吉の考えは政五郎と同じだった。

長崎には異国から高価で珍しい品が集まる。長崎が絡《から》んだ不正な商いの話は後を絶たない。

「ただ旗本がかかわっているとなると、うかつには動けませんや。あっしがも少っと掘って、掘ってみますンで、このましばらく……」
探索は政五郎に任せておくしかない。
（そのあたりを歩いてみるか……）
常吉は十手を腰の後ろに差し、厚手の半纏《はんてん》を羽織って表に出た。
首巻きがほしいほどではないが、まだ肌寒い。
（ふうッ……風もまだ冷てえ）
手をこすり合わせて息を吹きかける。知らずのうちに背を丸めて歩いている。鐵は
暑かろうが寒かろうが、つねに背筋をぴんと伸ばし顔をまっすぐあげて歩いていた。
「神楽坂の親分とかなんとか呼ばれる身になったからには、背中ぁ丸めて、爺《じじ》むせえ
歩きようをするんじゃねえ」という鐵の声が聞こえるような気がする。
（ヘン、うるせえやい。寒《さ》みいものは寒みいんでぇ……）
常吉は心のなかで毒づいておき、それでもぐっと拳を握って顔をあげ背を伸ばした。
風は冷たいが初春の陽光は柔らかく暖かい。
（なるほどなあ……お天道さまを浴びて歩いていると気持ちがいいや）
神楽坂の肴町や御箪笥町のあたりでは、行き交う顔見知りのおかみさんや年寄りが
常吉に頭を下げてくれる。

どの顔も「神楽坂の若親分、たのみますよ」と頼りにしてくれているかのようだ。

常吉は赤城神社の境内に入った。なにやら怒号が聞こえる。界隈の子供たちの格好の遊び場所になっている境内だが、怒号を怖がったのか子供たちの姿は見えない。かわりに何人かの男たちが塊になっている。地面にうずくまっているものを足蹴《あしげ》にしたり棒で叩いたりしているようだ。

男たちはまだ寒いのに素肌に尻切半纏《しりきりばんてん》を一枚引っかけただけの姿だ。半纏の端から褌《ふんどし》を締めた尻を半分のぞかせている。

真冬でも尻切半纏をひっかけただけといえば、武家屋敷に奉公する中間たちに決まっている。おそらく界隈の大身の旗本屋敷のものだろう。

中間は武士ではないが、なにかといえば侍風《さむらいかぜ》を吹かせる。町の人たちの嫌がることをしておいて、「文句があるなら屋敷にこい」と言い捨てて平気でいる連中だ。

おおかた、神社の軒下にいた物乞いを皆でいじめてでもいるのだろう。

常吉は喧嘩沙汰《けんかさた》は好きではない。好きではないが、子供の時分から見過ごしにできないものには後先を考えずに首を突っ込んでしまう。腕や力にものをいわせようとする相手だとときおりは痛い思いをすることもあるが、たいていはどうにか切り抜けられている。

常吉は尻切半纏たちの群れに声をかけた。

「もし、そうよってたかって弱いものを打ったり蹴ったりするもんじゃねえ。もう大《てえ》概《げえ》にしてやんなせえヨ」

男たちは口をゆがめて「あァ」と声を漏らし常吉に顔を向ける。

「なんでえ、てめえは」

「このあたりの者だが、大の男がよってたかってみっともねえ。もうよしなヨ……やめてやんな」

「この野郎ッ」

いきりたったひとりが手にした棒きれをふりあげる。

常吉は左の足を引くと腰をかがめ、手を背後に差した十手の柄《つか》に回した。

(十手の使い方など知らねえが、尻を丸出しの中間奴《やっこ》が相手だ……振り回していりゃ、どうにかなるだろう)

中間のひとりが「あっ」と声をあげた。

「この野郎、こないだごねやがった岡っ引きの倅《せがれ》だな……寄席の楽屋でくすぶっていやがった……親爺のあとを継いで岡っ引きになりやがったのか」

常吉が目明かしと聞くと、中間たちは目にみえて怯《ひる》んだ。

町方奉行の配下であっても、武士を取り締まる大目付に筋さえ通せば武家屋敷の中間部屋で夜な夜な開帳する賭場にふみこめる。世情は緩んできたとはいえ、博打は堅い御法度だ。

（賭場が開けなくなりゃ、中間《こいつら》も小遣《こづけ》えがなくなって困るというわけだ……なんとも小せえ話だ……こんな奴らに威張るのもみっともねえが、ここは一番、見得《みえ》を切っとくか……）

常吉は背後から十手をするりと抜き、顔の前にかざした。

「おうよ……お前《めえ》さんがた、どこの屋敷の者《もん》か知らねえが無闇《むやみ》な真似をするんじゃねえぞ。おいらぁ、神楽坂の常吉という目明かしだ。この十手は北町奉行所与力の石塚清十郎さまから直《じか》にお預かりしている。よっく拝んどきやがれッ」

中間たちは口々に「けッ、悶っ引き風情が」「覚えていやがれ」と捨て台詞《ぜりふ》を吐きながら去っていく。

常吉はうずくまっている物乞いに少しばかりの銭をめぐんでやった。

境内で団子をあきなっている婆さんが常吉に声をかけた。

「おまえさん、鐵《て》ッつあんとこの息子かい……いい男ッぷりだねえ、ほれ、団子を食いな」

「こいつぁかっちけねえ……ああいう連中は多いのかい」

「この界隈は鐵ッつあんがまめに目を配っていたから、他所《よそ》よりはましだろうが、それでもねえ……さっきの連中は人見てぇ旗本の中間サ」

「人見、かぁ……」

常吉が子供のころ、木の十手で臑を払った相手だ。常吉に泣かされた子は今は家督を継いで人見典膳という一千石の殿さまだ。

「頼んだよ、神楽坂の親分」

親分、と婆さんに声をかけられ、常吉は口に含んでいた茶をあやうく吐き出すところだった。

またとんだ声をかけられてはいけないと、常吉は婆さんに訊ねた。

「御家人旗本衆の中間は、みんなああなのかい」

訊ねられた婆さんは格好の話し相手をみつけたとばかりにおしゃべりを始める。

「お武家さまも、まあ大概《てえげえ》は人見ンとこみてえにならず者の巣みてえになってはいるが、なかにはそうでない人《しと》もいるヨ。赤城《こ》神《こ》社の裏手の岩井作次郎《いわいさくじろう》さまなんぞは、まぁ、立派な殿さまだぁね」

「立派な殿さまもいるのか。そいつぁよかった」

「お武家さまも頭領が頭領だからねえ……いやサ、公方さまサ。なんでも無類の女好きというじゃあねえか」

万作が言っていたとおり公方さまの女好きは評判になっているようだ。

「なんでも大奥の役人たちは、どいつもこいつも血眼になっていい女がいねえか、江戸中を探して歩いているンだとサ。公方さまにいい女をあてがえば、ずいぶんいい目ができるそうだヨ。ヘッ、ご苦労なこったねえ……」

茶店の婆さんはよほど世情が腹に据えかねているらしい。

常吉の茶碗を替えながら続ける。

「りっぱなお旗本も公方さまに取りいってえらくなる奴もいるそうだヨ。平賀なんて旗本ぁ、そのくちで評判が悪りい殿さまサ」

思わぬところで平賀式部少輔の名がでてきた。

（ふうん……ずいぶんな言われようの殿さまだなあ……）

常吉は床几《しょうぎ》から腰をあげながら婆さんに告げた。

「じゃあ婆さんも気をつけなけりゃいけねえなあ。千代田のお城の奥に連れていかれちまちゃ、大変《てえへん》だ」

「おいとくれよ、この人《し》たぁ……」

婆さんは笑ったが、すぐに真顔になった。

「でも器量よしの娘をもった親ぁ気が気ではねえだろうねえ……」

通りかかった男が笑いあっている常吉と婆さんに割って入った。

「ちょいとものを伺いますが……」

黒の羽織に袴を着けた折り目正しい格好のあきんどらしい男だ。

「お旗本の岩井作次郎さまのお屋敷へはどのように伺ったらよろしゅうございますか……神楽坂赤城神社の近くと聞いて参ったのでございますが」

あきんどらしく言葉つかいは至極丁寧だ。声も柔らかで人をそらさぬ口調だがどこか一本、芯の通ったところがある。

常吉は男に目をやった。

羽織は見たところはごくありふれた黒羽織だが裏地は鬱金《うこん》だ。ちらりとのぞく鬱金は目が醒めるような鮮やかさだ。江戸の通人《つうじん》らしい洒落《しゃれ》かえった身なりはただものではない。

男は岩井の屋敷を教えている婆さんの声をうなずきながら聞き終えると、袂から白紙にひねったものをとりだした。

「ありがとうございました。おかげさまで助かりました」

婆さんは白紙のおひねりを受け取り、男を見送る。

「気前のいい旦那だ……こりゃ一分だヨ」

婆さんは嬉しそうに声をあげた。

「江戸の男はこうでなけりゃいけねえ。ねえ、親分」

常吉も男の後ろ姿を見送りながら婆さんに応じた。

「全くだ。どうにもすてきに垢抜《あか》けていらあな」

評判のいい旗本のところには、立派な江戸者らしいあきんどが出入りするのだろう、と常吉はぼんやり考える。

昼飯の時分だ。

常吉は、どこかで蕎麦でもたぐろうか、と心のなかで算段をはじめた。

五

夕刻にはまだ間があろうというのに政五郎が戻ってきた。朝早くから暮れ方まであちこちを聞き歩く政五郎には珍しい。

政五郎は戸口から顔だけをのぞかせ、常吉に訊ねた。

「姐さんはおいでなせえますかい」

座敷の長火鉢に両肘をついてぼんやりとしていた常吉は顔をあげた。

「なんでえ、おっ母さんに用があるのかい。あいにくだが、少《ち》と用足しにでかけたが……」

「いえ、そのほうがいいんで……ちょいと上がらせてもらいやす」

政五郎は長火鉢をはさんで常吉の前に腰をおろした。

政五郎は常吉を「親分」と呼ぶようになっていた。常吉の尻のこそばゆさは並ではない。また政五郎は、「どうか『政五郎』と呼びつけにしておくんなせえ」とも口にしていた。いよいよもって尻がこそばゆくてたまらぬ。

常吉は代わりに、「どうかおいらの前ではヘンにかしこまったりしねえでくんな……」と政五郎に重々と頼んでいる。

政五郎は「親分、ごめんなすって」と手刀を切って胡座《あぐら》をかいた。「ついでにちょいと、こいつをやらせていただきやす」

政五郎は常吉にことわると、腰に差したキセルをくわえ、せわしなく二、三服煙を吹かした。いつになく居心地が悪そうなそぶりだ。常吉の前で遠慮なく煙草を服《の》むなど、政五郎にしては珍しい。なにやら言い辛い話があるようだ。

常吉から話をむけようとしたとき、政五郎はキセルの雁首をポンと長火鉢の縁《へり》に打ちつけ、口を開いた。

政五郎の話を聞いた常吉は大声をあげた。

「なんだって、鐵に情婦《おんな》がいた、だって……」

「シッ、親分……声が大きゅうござんす」

政五郎は腰を浮かしながら両手で常吉を制すると、低い声で続けた。

「間違えござえません……先《せん》の親分にゃ、世話をしていた女がいやした」

女の住まいは、鐵が斬られた小舟町の近く、堀留町の裏長屋だという。

話を続ける政五郎はどことなく嬉しそうな調子だ。

「先代はとにかくいい男でしたからねぇ……」

常吉には父が「いい男」だったかどうかはわからない。ただ常吉の母が亡くなったあと後添いになった絹は、もとは深川《たつみ》で評判の芸者だったという。下総《しもうさ》の流山《ながれやま》あたりのお大尽が金を積んで絹を請《う》けだそうとしたところ、「銭金《ぜにかね》じゃござんせん。あたしゃ、鐵《て》ッつあんじゃなきゃ厭《や》だヨ」とあっさりと袖にしたという話を聞いたことがある。

（鐵におっ母さんのほかに情婦《おんな》がいたとは……また厄介ごとが増えたじゃねえか……本当《んと》に面倒な親爺だ……）

常吉は政五郎に訊ねた。

「で、おめえはその女のとこにはいったのかい」

「へえ……話はしちゃいませんが、住家《すみか》と顔は確かめてめえりやした」

「その……なんだ……いい女だったのかい」

問われて政五郎は、少し返答に窮した顔つきになった。

「どうしたい……おっ母さんみてえな、垢抜けた綺麗な女《ひと》だったんだろう」

「それが……親分……」

政五郎は答えた。

「そうじゃねえんで……その逆でさ……」

「逆……」

政五郎はうなずくと、はたいたキセルに葉を詰めなおす。

「先《せん》の親分も、姐さんみてえな女《ひと》がいながら、どうしてまたあんな……」

常吉も火箸で灰をぐるぐるいじりながら考えた。

（どういうことか確かめるのは……こいつぁどう考えてもおいらの役目だなぁ……）

常吉は政五郎に教えてもらった裏長屋に足を向けた。

厭《いや》な役回りだ。

日本橋堀留町、椙森神社《すぎのもり》の裏手の棟割長屋だ。

（鐡も世話をするならするで、なにもこんな裏長屋に……も少っと小ましなところもあるだろうに……）

町の名のとおり、あたりには掘り割りが縦横に通じている。往来は雨が降ったわけでもないのにじめっと湿りを帯びている。

常吉は長屋の口に身を隠し、遠目から女の住家をうかがった。

鐡が世話をしていた女は春《はる》という。年齢《とし》は三〇代半《なか》ばほど。なるほど、政五郎のいうとおりの女だ。

癖ッ毛らしいく縮れた髪は、ぐるぐると後頭部でまとめて木の笄《こうがい》でとめただけの焦《じれっ》結《たむす》びにしている。顔はお多福《たふく》のようにふくれ、眼のありかがわからない。丸太のようにずどんとした胴に、巨大な乳と尻が突き出ている。

（なるほど……おっ母さんたぁ、ずいぶんと違わぁ……）

春は戸口から衣類が山盛りになった大きな盥《たらい》を両手で抱えて運びだした。盥を井戸端に据える。見た目どおりの力持ちだ。

春は太い両の腕で釣瓶《つるべ》をあげて水を汲むと、しゃがみ込んで山のようになった衣類をじゃぶじゃぶと洗いはじめた。近所の家々の肌着の類《たぐい》の洗濯物を引き受けているらしい。ちょっと洗っただけではとれない染《し》みを見つけると、口を尖らせて力をこめながら細かく布地をこすり合わせる。洗濯のやりようはなかなか丁寧だ。

ひととおり洗い終えると春は立ちあがり、井戸と軒先に渡した綱に次々とかけていく。浴衣でも下帯でも腰巻きでも、いちいち形を整えながら干していくところは洗いっぷりと同じように丁寧だ。綱にかけた衣類を両の手でぱんぱんと音をたてて叩き、満足そうにうなずく。しゃがんだり立ったりしながらの洗濯など、きついだけで面白くもないだろうに、春はなんだか楽しそうだ。なかなか気立てのよい女のようだ。

干した衣類の形を整えていた春の眼が常吉の姿をとらえた。春は不審そうに眉をひそめながら少しだけ頭を下げた。

常吉はあわててさあらぬ体をよそおって長屋の口から離れる。

(ご面相はともかく、性《しょう》の悪そうな女《ひと》ではなさそうだ)

まさか春が神楽坂に乗りこんできて絹と一戦交える……などという次第にはなりそうにない。急《せ》いて鐵との間柄を問いただすまでもないだろう、と常吉は見定めた。

六

例によって夕餉《ゆうげ》には家のもののほかの顔も集まっている。絹と多吉郎のほか、政五郎や万作と女房の蝶、美代も飯を食っている。

飯と汁のほかは焼いた魚に香の物。

絹は「このところ出ずっぱりだから疲れたろう。一本つけたから飲《や》んねえな」と政五郎に勧める。美代も、「さ、政さん、いっぱいどうぞ」と勧めている。

(美代《み》ぃ坊の奴、嬶《かか》ァでもねえのにしゃらくせえ真似をしやがって)

常吉は面白くはないが、絹が目の端で「それご覧……親分とか蜂《はち》の頭《かしら》とかいわれようってンなら、こういうふうに気を回してくれる女《ひと》が要るんだよ……」と決めつけるから文句もいえない。

「美代《み》ぃちゃん、あてにも一杯注《つ》いでぇナ」

万作もふざけかかって蝶に叱られる。

多吉郎はご飯を嚙み嚙み常吉に話しかけた。

「兄さま、あれから調べましたがまだありました」

「なにがあったンでぇ」

「女が男になった話です。ええと……かんぬむというところで女の子が親の目の前で男の子に変わったのだそうです」

「そいつもぎりしあの話かい」

「いえ。ぎりしあではありませんが確かな話です。ぷりにうすという方が書き残しておられます。あるごすというところでは、あれすこんという男が女になりあれくさと名を変えました。その後あれくさはまた男に戻ったそうです。

　それからりきうす・こんすていうすという人は、もとは女だったが婚礼の当日に男になったそうです」

　美代が口をはさんだ。

「へえぇ……お嫁入りのその日にねえ……よっぽど相手が厭だったに違いないわねぇ」

　美代の言葉に常吉は顔をあげた。勧められた杯を口に運びかけていた政五郎も手を止め、常吉と目を合わせる。

　どうやら同じ考えに至ったようだ。

　多吉郎は喋り終えるとまた飯にとりかかる。焼いた鰯《いわし》を頭から囓《かじ》りながら「お役にたちましたか、兄さま」と訊ねる多吉郎に常吉は答えた。

「ああ……まだわからねえが、面白え話をありがとうよ」

多吉郎は話が役に立ったのかどうか心配なのだろう、心もとなさそうな顔つきをしている。

常吉はさらに言葉を重ねた。

「しかし多吉郎《おめえ》はぎりしあだのあるごすだの、いろんな話を知っているなあ……どこで聞いてきたんでぇ」

常吉にほめられた多吉郎は嬉しそうに答える。

「実はごくごく内密の話なのですが……」と切り出すが、内密にしては声が大きいところが多吉郎だ。

「今、江戸に阿蘭陀《おらんだ》人がきておるのです。私の洋学の師が通詞をつとめておられて世話をしておるのです」

「へえ……滅多なことでは長崎の出島より外には出られねえはずだがねえ……」

「それが、でございます……阿蘭陀はなにやら国がひっくり返るのではないかという騒ぎになっております」

「へえ、国がひっくり返るたぁ、どういう話だい」

「阿蘭陀の隣に仏蘭西《ふらんす》という国がありまして、まずその仏蘭西がひっくり返りました。王様とお妃《きさき》が首をちょん切られました」

「きゃあ。おそろしい」と美代が首を縮める。

「で仏蘭西にいたばたびあ人という連中が阿蘭陀に逃げてきたのですが、そのばたびあ人がたいそう勢いが強くて……長崎にきている阿蘭陀人は、南の海にあるじゃがたらという町から船を乗りだすのですが、そのじゃがたらという町の名もばたびあと変えられてしまう勢いとやら……」

　事態を由々しいとみた公儀は、詳しい事情を聞こうと長崎からひそかに阿蘭陀人を江戸に呼び寄せているという。

　異国の話は面白い。皆、多吉郎の話に聞き入っていた。

　夕餉が済んでも腹がくちくなったためか誰も立とうとはしない。

　美代も万作に勧められて猪口に二、三杯飲っている。

「もう歩くのも帰るのも億劫《おっくう》になっちまったよお」とぐずり始める。手酌でぐいぐいやっていた絹は平気な顔で、「美代ぃちゃん、泊まっていったらいいさ。布団は常のと半分ずつにしな」などと口にして笑っている。

　常吉は鐵の存命中は家には寄りつかなかった。目明かしにはなれないといわれ、大黒亭の楽屋にいわば籠城《ろうじょう》して毎日を送っていた。鐵が毎日このような楽しい夕餉にむかっていたかどうか、常吉は知らない。

絹が遠慮なく口をあけて笑いながら漏らした。

「こうしてみんなで食べると美味しいねぇ……」

絹には珍しく心のうちを吐露したような言葉に、皆はそれぞれ打たれたようだった。

賑やかだった夕餉の場で物音が途切れる。

隙を見計らったかのように戸口から声をかける男がいた。

「夜分ながら案内《あない》を。誰《たれ》か……」

誰か、もなにも、戸口を開ければ皆が飯を食っている座敷を見通せる。折り目正しいにもほどがある。また「夜分」だの「案内」だの「誰か」だの、妙に古風なものの言いようだ。

(なんでえなんでえ、飯を食っているときに芝居《しべえ》じゃあるめえし……用があるなら入《へ》えってくりゃいいじゃねえか……)

飯茶碗を手にしたまま目をあげた常吉は驚いた。

狭い戸口の向こうに侍が立っている。夜のわずかな光を跳ね返した黒の羽織は上物とひと目でわかる。鼠《ねず》色の袴もきちんと熨斗《のし》があてられ折り目をくっきりと際立たせている。脱いだ編み笠を提げた立派なお武家さまで、年は五〇歳前ほどだろう。

刀を二本差した侍が目明かしの家を訪れるといえば、内密に進めたい話の相談か、あとはなにか難癖をつけようという輩《やから》だ。正面から案内を請うて訪れるお武家さまなどは初めてだ。

常吉はお武家さまに声をかけた。

「どうぞ汚ねえところですが、ずっと入えっておくんなせえ」

「しからば許せ」

お武家さまは常吉の家に足を踏みいれる。戸口を閉めようとする様子は見せない。誰かが閉めてくれる暮らしに慣れているようだ。よほど大身の殿さまなのだろう。

美代がばたばたと駆け寄って戸口を閉めた。

上がりがまちにかしずいた絹がお武家さまに声をかけた。

「お腰のものをお預かりいたしやしょう」

絹は深川芸者として侍の座敷にも出ていてあしらいは馴れている。

「うむ。頼む」

お武家さまは満足そうにうなずくと、馴れた様子で大小を腰から抜き絹に預けた。

絹は袖口で包んだ手で刀を受け取った。

蝶は万作を促して手早く夕餉の片付けをする。多吉郎もそっと座敷を抜け出した。あわせて起ちあがろうとした政五郎を常吉は目で止めた。

座を直し、お武家さまを上座にうながす。お武家さまはここでも「うむ」と満足そうにうなずき上座に腰を据える。

お武家さまの前には常吉がかしこまった。少し下がったところに政五郎も控える。

お武家さまは口を開こうとはしない。常吉たちに顔をむけたまま変わらぬ様子でいる。

（なんでぇ、こりゃ……）

常吉はどうしてよいものか、まるでわからない。

（偉え侍《さむれ》えのなかには、てめえで小便《しょんべん》もできねえ殿さまもいるってぇが、こいつもその口かぁ）

お武家さまはまるで、足を運んできたのはこちらである以上、話の口火を切るのは常吉のほうであるべきだ、とでもいわんばかりに平気な顔でおさまっている。

絹が茶と煙草盆をお武家さまの前に置いた。お武家さまはまた「うむ」とだけうなずいた。武士の心得といわんばかりに、出された茶には口をつけようとはしない。

常吉もだんだん焦れてきた。せっかく腹に掻きこんだ飯のこなれも悪い。

「殿さま……御用のむきは、なんでござんしょうか」と常吉が訊ねようとしたまさにそのとき、お武家さまが口を開いた。

七

「そのほう、名はなんと申す」

（おいおい……この侍えは誰ん家《とこ》かもわからずに来やがったのかい）

常吉は上目遣いにお武家さまの様子を確かめながら口を開いた。

「あのぉ……殿さまは、一体《いって》え、どこをお訪ねになろうとしなすったンで……」

お武家さまは変わらぬ穏やかな顔のままだ。まるで、「当方が訊ねているのだ。答えになっていないではないか」といわんばかりの様子だ。

常吉は諦めて答えた。

「手前は、常吉と申しやす。目明かしでございます」

「常吉……と申すか……」

お武家さまは首をひねる。

「たしかそのような名ではなかったが……」

「そのような名ではない、と申されましても……あっしはガキのころから常吉でござえますんで……」

「いや、常吉ではない。神楽坂の目明かしはほかにはおらぬのか」

お武家さまはいやに頑固だ。常吉にはわけがわからない。

「神楽坂の目明かしといやぁ、あっししかおりませんが……」

常吉は訊ねた。

「あっしの親爺は鐵、と申しやす。ひょっとして鐵をお訪ねで……」

「おお、そうじゃ。鐵、鐵じゃ」

お武家さまは破顔した。

「鐵なる目明かしに会いたい。どこにおるのじゃ」

「それが……この春に死にやしたンで」

お武家さまの顔が曇った。

「そうであったか。死んだか……病《やまい》でか」

「いえ、そうじゃござえません……実は誰かに斬られて、で」

「なに。斬られて、か」

お武家さまは少し身を乗り出しかけ、ふたたび体《たい》を戻す。

目をつむり、なにかをじっと考えているようだ。

常吉が訊ねた。

「ところで、殿さまは……」

「おお、そうであった。名乗るのを忘れておったわ」

お武家さまは目を開けた。

(他所《よそ》の家《うち》にいきなり押しかけてきて、名前《なめえ》もいわずに済ましているなんざ、とんだ惚《とぼ》けた侍えだ)

お武家さまはあきれる常吉に名乗った。

「余は水野若狭守忠通《みずのわかさのかみただゆき》と申す。通称は要人《かなめ》であるがな……」

「水野若狭守さま……」

水野若狭守さまという名はどこかで聞いた覚えがあるがすぐには思い出せない。

「その要人さまが何の御用で……」

「みども、かような町方の家を訪れるは初めてなので勝手がわからぬ。無礼があれば許せ。実はの……」

要人は続けた。

「神楽坂の鐵、というものを訪ねてきたのではあるが、余もなんのためなのか皆目わからぬのじゃ……」

要人は「あっはっは」とおおらかに笑った。

（おいおい……てめえでてめえの用事がわからねえたぁなんのことだ……こりゃ、すげえ殿さまだ）

常吉は訊ねた。

「そもそも殿さまは、鐵の名をどのようにして知ったんでごぜえますか」

要人は少し顔つきを引き締めた。

「つい先日の話であるがな……長崎より砂糖を抜け荷させ儲けておったあきんどが処罰された。相変わらず悪い奴は後を絶たぬものじゃ……余も職を解かれたとはいえかつては長崎奉行を拝命しておった。様々な話も耳に入ってくる。なかで用人のひとりが、『そういえば』と申して口にした名が『神楽坂の鐵』であったのじゃ」

常吉は要人に訊ねる。

「その悪《わり》いあきんどはなんていうんです」

「両替屋源右衛門と申す」

両替屋といえば、旗本の平賀の屋敷から出てきたあきんどらしき男ではないか。

また常吉は水野の名をどこで聞いたのかも思い出した。両替屋とともに平賀の屋敷を出てきた侍、立岩宗次郎は水野家の用人だったというではないか。

常吉は身を乗りだしかけた。背後からごくかすかに政五郎の咳払いが聞こえる。

（おっと。そうか……このお人がどんな魂胆《こんたん》か知れねえうちは気をつけなくっちゃいけねえや……）

常吉は要人の話を聞いた。

抜け荷とは公許ではない秘密裏の売買だ。砂糖の抜け荷の一件がきっかけとなり、要人のもとには「おそれながら……このような話も知っております」と不正を通報するものが現れるようになったという。

公儀が定めた様々な制約をかいくぐって利益を得るやり方が抜け荷だ。素町人が集まったところで実現できるものではない。それなりに枢要な立場にいる者の手助け、あるいは目こぼしがなければ抜け荷はできない。

従って不正があっても町方の奉行所で埒《らち》があくものではない。また長崎奉行は老中配下だ。まともな筋道で訴えようとしても、どこかで故障が入り、握りつぶされる次第となる。

そこで、現役の長崎奉行ではない要人のようなものに悪事にかかわる事柄を耳に入れようというものが出てくるらしい。

「とはいうものの、眉唾《まゆつば》ものもあってのう……他人を陥れようと虚偽の訴えをなすものも居るゆえ、気をつけねばならぬ」

要人は苦笑して、指先で眉を撫でる仕草をしてみせた。眉に唾をつければ狐に化かされないという言い伝えから、だまされぬためのまじないだ。

なかで要人は『神楽坂の目明かしの鐵』というものが話をしたがっていたと耳にした。

要人のところには町人も来ぬわけでもないが、「目明かしが余に話があるというは珍しい」という。

話を取り次いだ水野家の用人は、鐵をあしらって帰したままで放っておいたという。

「さようでごぜえましたか……」

「そなたの父は何者かに斬られて落命いたしたか……余の屋敷に訴人に参った折りに話を聞いてやっておれば、のう……許せ……」

要人は常吉にむかって頭をさげた。

駒蔵も水野要人も、鐵がなにを知っていたのかを知ろうと常吉のもとを訪れた。

話のなりゆきからすれば、鐵は長崎にかかわる抜け荷についてなにかを知ったに違いない。平賀式部少輔は現在の長崎奉行だ。話のつじつまは合う。

ただ常ならば八丁堀同心の石塚清十郎に報告し指示を仰げばことたりるはずだが、鐵はそうはしなかった。

(石塚の旦那に迷惑がかかるとふんだのか……八丁堀だけではさばききれねえなにかを嗅ぎつけたのか……)

要人は常吉に告げた。

「なにかわかったら、余に知らせてもらいたい。頼むぞ。ただし……」

要人はにやりと笑った。常吉の家を訪れたときのとぼけたお武家さまの顔ではない。世智にたけた有能な侍の顔だ。

「そのほうは余の屋敷には姿をあらわさぬほうがよさそうじゃ……なにしろ余の家《か》中《ちゅう》にも、いろいろな者が居るでの……」

「いろいろな者……」

「余が閉門の憂き目に遭ったきっかけをつくった馬鹿者……立岩宗次郎などは、まだ家中の用人として余に仕えておる」

「そんな悪《わり》い奴ぁ、さっさと追い出しちまやいいじゃありませんか」

要人はからからと笑って答えた。

「さ、そこじゃ……あたら悪い者を世に放つのもいかがなものかと思うての……また悪い奴はそれはそれで、使い道もあるものじゃて……」

両替屋と立岩宗次郎、そして長崎奉行平賀式部少輔。常吉には仇の姿がぼんやりとみえてきた。

目の前の水野要人という殿さまも悪い人ではなさそうだが、まだ気を許すわけにはいかない。鐵の訴えが何かを知ってどうするつもりかはわからぬが、なにか邪《よこしま》なたくらみを抱いていないとも限らない。

(これで、いいよなあ……)

常吉の耳の奥で鐵の声が響いた。

(てめえの身はてめえで守らなくっちゃならねえからなぁ……思ったとおりふるまうしかねえんだヨ)

八

水野要人との連絡には大黒亭を使うと決めた。日々、武家や町人、さまざまなものが出入りする寄席なら目立たず好都合だ。駒蔵の張り番から引きあげさせた万作や蝶も使える。

おおまかな形を決めると水野要人は座を立った。

「たのむぞ、常吉」

要人は常吉の背後にずっと控えていた政五郎に声をかけた。

「そなたは名はなんと申す」

「へえ。政五郎、と申します。鐵親分の代からの子分で……」

「それ以前は、なにをしておったのじゃ」

「へえ……」

政五郎は言いよどんだ。要人は強いて答えようとはさせず、からからと笑うと背を向けて立ち去っていった。


水野要人が去り、皆もそれぞれ引きあげていく。家は静かになった。

絹が茶を淹れてくれた。

常吉は「すんません、おっ母さん」と頭を下げ茶を啜った。まずは甘さが舌を包み、すぐあとから苦味が身体中に染み渡っていく。

鐵は平素の食べ物についてあれこれ言ったりはしなかったが、茶は好きだった。高価で、おごった品を手に入れていた。

「うめえ……」

常吉は深く息を吐《つ》いた。

水野要人の来訪で張りつめていた心がゆっくりと解けていく。

「水野さまというお方がどんなお方なのかは調べりゃすぐにわかるだろう……ま、悪《わり》い人《しと》じゃなさそうだねぇ……」

甘納豆を口に放り込んだ絹が呟いた。

「へえ。水野さまの評判は明日にでも万的に聞いてこさせますが……」

常吉は要人が帰り際に口にした言葉が気になった。

「おっ母さん、水野さまもおおせでしたが、うちの政五郎……鐵のところにくる以前はなにをしていた人なんでしょうか」

「なんだい、常吉《おめえ》も知らねえのかい」

絹は長く形のよい指を伸ばし、さらに一粒、甘納豆をつまんだ。

「おれも後添いだ。常吉《おめえ》のほうが政五郎とは古いはずだが……そうかい、おめえも知らねえのかい」

「へえ。ガキの時分から居りましたから、改まって訊くのもおかしいというモンでさ」

「おれが鐵《あのしと》に訊いたンじゃあ、なんでも政は若え時分《わけ》に間違いをしでかして、それで鐵のところに転がり込んできたという話だ。鐵もあんまり詳しくは話したがらなかったから、おれも深くは訊かなかったヨ」

間違いというと前科《まえ》があるのか、あるいは前科はなくとも悪の道に入りかけたところを改心し鐵のもとにきたのか。

（当人が隠しているのだ。うっちゃっておきゃいい……）

常吉も甘納豆に手を伸ばし、一粒をつまんで口に入れた。黙って茶を啜っていた絹が常吉に訊ねた。

「ところでおめえ、なにか隠していることがありゃしねえかい」

常吉は口のなかの甘納豆をまるごとのみ込んだ。

「隠していることって、おっ母さん……なにを……」

「さあ、そのなにかがわからねえから訊いてるんじゃあねえか」

絹は可笑しそうに笑う。

鐵が囲っていたとおぼしき春という女については絹には悟られないように気をつけてはいる。気をつけてはいるが、さすがは絹だ。常吉の様子から、なにかを気取ったらしい。

絹は笑いながら続けた。

「おれの睨んだところ、どうやら女にかかわることだろうが……ま、常吉《おめえ》も鐵に似て器用なたちじゃあねえから、せいぜい気をつけな」

絹も鐵が他所で女を囲っていたなどとは露ほども疑っていない。絹は鐵を夫《あのしと》として信じ切っている。

(疑《うたげ》えもしねえおっ母さんをだましやがって……鐵の野郎……許せねえ……)

八丁堀へは牛嶋の安に連れられて挨拶に行って以来だ。

鐵の死に関わる話は同心の石塚清十郎の耳にいれておいたほうが好都合と思われた。

常吉の話を聞いた石塚は腕組みをしながら嘆息した。

「そうかい……鐵の野郎は長崎の抜け荷を調べていたのかい。神楽坂の目明かしが日本橋で命を落とすからには、なにか理由《わけ》があると思っていたが……斬られたとなると、悪事の尻尾くれえはつかまえていたのだろう……」

石塚の顔に悔しそうな色が浮かんだ。鐵は抜け荷については石塚の耳に入れようとはしなかった。おそらく町方の手に余る広がりをもった悪事と気がついたからだろう。

「八丁堀の手には負えねえ話、となると……」

「へえ。お武家さまも一枚嚙んでいるかと……」

「おめえの家《とこ》に来た水野若狭守さまというお人……名前は聞いたことがある」

石塚は続けた。

「先《せん》に老中をおやめになった松平越中守定信さまが、いたく買っておられたという評判だったお人だ。『水野は気丈で無欲でよい役人だ』と仰せだったとか。間違えはねえだろう」

松平越中守さまは老中首座として数年にわたり改革を断行してこられた方だ。前代の田沼主殿頭《とのものかみ》意次さまの派手で享楽好みの御政道から大きく舵を切り、天下の引き締めを図られた。

改革の半ばにして老中を辞された後もひきつづき越中守さまの志を継ぐ方々が政《まつりごと》を行っているが、世の中の風紀はまた以前のようにゆるみかかっているように見うけられる。

世のものたちは元凶が誰かは知っている。

公方（十一代将軍徳川家斉）さまだ。公方さまはまだ二〇歳を何年か超したばかりとお若い。まだまだ面白おかしく過ごしたいだけというお方のようだ。

とりわけ女色にうつつを抜かしているとは町のものはみんな知っている。

むろん心あるものたちも公儀には多く残っている。天下が無軌道にならぬよう心を砕いているらしい。

水野要人も、そうした心あるお武家さまのひとりのようだ。

常吉ははからずも、要人の目となり耳となって動く役回りになった。

抜け荷をしでかすには荷を運ぶ手段が必要だ。ひそかに荷を江戸に入れる手段といえば、なんといっても舟だ。

（ではなんだって……）

常吉の頭で謎が渦巻きはじめる。

（なんだって鐵は石塚さまに相談しなかったんでぇ……）

石塚は江戸町奉行所で常廻りのほかに本所方もつとめている。本所方なら河岸《かし》の蔵や舟に積む荷の検分も自在にできる。石塚に報告すれば抜け荷の一味など一網打尽にできたのではないか。

常吉の耳の奥で鐵の声が響いた。

（ところがそうはいかねぇ事情《わけ》があったのサ……石塚さまにも話せねぇ事情が、な……）

石塚が常吉に告げる。

「抜け荷も、さばくあきんどがいなくっちゃならねぇ。水野さまの用人の立岩ってぇ野郎が誰とつながっているか、だな」

「へえ。そこは政五郎が調べておりやす」

「鐵もおれに気を遣っていわなかったくれえだ。おめえも気をつけることだ」

「へえ」

九

常吉は石塚の前からさがると裏の勝手に回った。勝手では石塚の元に出入りする目明かしたちが飯を食っている。なかには陽も高いのに酒を飲んでいるものもいる。

常吉は「ごめんなすって」と頭を下げ、一同の端に腰をおろした。

新参の常吉が挨拶をしても答えるものはいない。

以前は牛嶋の安に連れられての新参の挨拶だったが、もう今では常吉も一本立ちの目明かしだ。

皆、常吉を嫌ったり見下しているわけではない。神楽坂の鐵のあとを継いだ息子がどのくらいやるものなのか、じっと量《はか》っているかのようだ。

一座の中心になって大胡座《おおあぐら》で茶碗酒をあおっている男は以前にもいた例の赤鬼だ。

赤鬼は常吉に言うともないような調子で口にした。

「そういや、小舟町の駒蔵が珍しく来やがった……野郎にはずっと以前《めえ》に剣突を食らわせて、以来おれを怖がって寄りつかねえでいたが……用件がなにやらわからねえ。どうやら鐵からなにか聞いちゃいねえかと探りにきたみてえだった……」

独り言にしては大きな声に、ほかの目明かしも答えた。

「おいらンとこにもきやがった。『へっへっへ、親分』とか、腰をかがめて揉み手をしながらなついてきやがって……気味《きび》の悪りいったらありゃしねえ」

「駒蔵なら、こちらにもきた」

みな口々に答える。言わずもがなのうちに心をあわせ、常吉に聞かせようとしているかのようだ。

誰かがふと思い出したという体で呟いた。

「鐵ぁ死ぬ前には……ずいぶんらしくねえ手合いと付き合いがあったみてえだなあ……」

常吉は顔をあげた。

別の声が続く。

「駒蔵とも用水桶のかげでこそこそ話をしてやがった。おいらは気がつかねえふりをしておいたが、鐵は見とがめられたとでも思ったのかすぐに知らぬ顔で往来に出ていきやがったが……ありゃ一体《いってえ》なんだったのか……」

いかにもいかがわしい手合いとは何者なのだろうか。鐵が調べていた長崎からの抜け荷にかかわるのだろうか。鐵はなにをしていたのだろう。

（まさか……鐵が悪党の一味に……）

常吉はまた目を伏せた。石塚のもとには心根のまっすぐな目明かししか集まってはいない。鐵が怪しげな連中と交わっていたとあっては、とても顔などあげてはいられない。

一座の中心の赤鬼は常吉の様子をじっと見ているようだ。

常吉の耳の奥で声が聞こえた。

「心配《しんぺえ》するな。誰も鐵が悪党の仲間になったとは思っちゃいねえ」

「鐵がどういう魂胆だったのかを明かすのが、おめえさんの役目サ」

常吉の胸のつかえはすっと下《お》りた。

赤鬼がぎょろりとした大きな目玉を常吉にむける。

「おう、おめえ……酒は飲《や》らねえのか……無理には勧めねえ。飯でも食っていきゃぁがれ」

常吉は赤鬼に頭をさげた。

「へえ。飯をいただきやす」

茶碗に大盛りにしたあつあつの飯に、これも火傷しそうな熱い汁。焼いた鰯をおかずに常吉は飯をかき込む。

「鰯の焦げたところぁ、毒だ。よけて食ったほうがいいぞ」と常吉に指図するものがいる。

一方で「いや、おいらぁ、魚の焦げは薬だと婆さまからきいたぞ。かまわねえから齧《かじ》りつけ」と半畳《はんじょう》をいれるものがいる。

焦げた鰯を箸にはさんだまま戸惑っている常吉の食べっぷりをからかって楽しんでいるようだ。

常吉は「鐵《おやじ》からは、鰯は頭から残さず食い切るもンだ、といわれておりましたんで……」と応じて、苦い鰯の頭をがりりと嚙んでみせた。

飯を片付けた常吉は思い切って訊ねてみた。

「親分方に伺いてえんでごぜえますが……うちの親爺……なにか浮いた話はありましたか」

赤鬼は不思議そうに答えた。

「浮いた話もなにも、鐵ンとこにゃ、お絹サンて恋女房がいたじゃねえか」

「お絹サンのほかの女に目をくれるなんて、あるはずもねえ」

「もしあったら、おいらがお絹サンをいただいていたヨ」

「べらぼうめ。てめえなんざ、お絹サンが相手にするものか」

「違えねえ……」

　一座からわっと笑いが起きる。

（目端の利いた目明かし仲間にも気取られねえで女の世話をしていたたぁ……いよいよ抜け目のねえ……鐵ぁ、とんでもねえ野郎だ……）


　八丁堀を出た常吉は堀留町へ足を向けた。鐵が世話をしていた春という女のすむ裏長屋だ。

　夏はずっと先だが、長屋の木戸の陰に身を隠す常吉の顔のあたりにぶんぶんと小虫がまとわりつく。顔を振り、手で払っても虫は途切れない。木戸の柱には大きなないくじがぬめった体を光らせながらじっとしている。

（鐵も、同《お》んなじ世話をするんなら、もっと小ましな家《とこ》へ住まわせりゃいいのに）

　以前みたときと同じように春は井戸端にでている。今度は井戸端に干した沢山の洗濯物を大きな盥《たらい》に取りこんでいる。

毎日、近所のものたちの洗濯物を引き受けて日銭はいくらになるだろうか。いくら裏長屋とはいってもろくに食べていけるものではないだろうに、と思う。

洗濯物を半分ほど取りこんだ春は大きく息をつくと「ううん」と腰を伸ばし額の汗を手の甲で拭った。見るからに丈夫そうな身体つきの春だが、貧しい暮らしがこたえないはずはない。

「いてッ」

常吉は尻を押さえた。誰かが常吉の尻を蹴ったようだ。常吉は振り返る。

小さな男の子が常吉をにらみつけている。ぼさぼさの髪を頭のてっぺんでくくった五歳くらいの子供だ。襤褸《ぼろ》切《き》れを継ぎあわせたような粗末な着物。大人ものの古帯は胸のあたりまで覆っていてまるで腹巻きだ。

野犬のように常吉をにらみつけていた男の子は吠えた。

「母ちゃんになんの用だ」

春は男の子の声にすぐに気づいたようだ。盥を抱えたまま木戸にとんできた。

「久《きゅう》、どうしただ」

言葉から江戸者ではないようだ。春は牛のような大きな身体を子供と常吉の間に割り込ませる。

春は額と頬の間に埋もれたようになっている細い目を常吉にむけた。

「うちの子がなにかしただか」

「いや、なにか、てえわけでもねえんだが……」

うちの子、というが、顔だちからすると久という子供は鐵の子ではなさそうだ。

春に問われたが、常吉にはとっさの言葉がでてこなかった。

「いや、なに……その、な……」

言いよどむ常吉を細い目でつかまえていた厳しい春の顔がほどけたようにみえた。

「ああ、おめえ……常吉サンずら」

十

春の細い目がいよいよ細くなった。親しく温かい目だ。

春は繰り返す。

「おめえ、常吉サンずら」

「ああ……おいらぁ常吉だ」

「やっぱりそうだ。目尻とか顎の具合《ぐええ》が鐵サンそっくりだで」

いわれて常吉は頬から顎を撫でた。目尻だの顎だの、おかしなところが似ているといわれたものだ。

(こうなりゃ、直《じか》に確かめてみるまでだ)

常吉は腹をくくって訊ねた。

「おかみさんは春サンだね……そのなんだ……親爺とは……」

春は常吉の背後にいる久に目をやった。

(あ、そうか……子供に聞かせる話でもねえやな……)

常吉はくるっと振りかえってしゃがみこむと、袂から銭を何枚かとりだし久の手に握らせた。

「これで飴でも買ってきなヨ」

久は小銭を握ったまま母親の春を見あげている。

常日頃《つねひごろ》、知らない人からものをもらうものではないと言い聞かされてでもいるのだろうか。

裏長屋の貧しい暮らしをしていても春はなかなかしっかりと息子を育てているようだ。

「せっかくだからもらっとくさ……あんま遠くへ行くじゃないよ」

母親の許しを得た久は嬉しそうに駆けだしていった。

久の後ろ姿を見送りながら常吉は呟く。

「ひょっとしてあの子は……おいらの弟……」

「はあ……なに言《ゆ》ってるだ」

春は細い目がよくそんなに開くものだというほど大きく目を見開く。

「あは……あははは……」

春は大きな身体を揺すりながら笑いだした。

「面《お》ンも白《しろ》いことを言《ゆ》うもんじゃないだよ、この人ァ……」

ひとしきり笑うと、春は常吉に向き直った。

「狭ェまい家《とこ》だけん、入るさ」

裏長屋の間取りはどこも同じだ。かろうじて煮炊きができるだけの狭い土間の先に三畳ほどの板の間がある。畳ではなく薄い茣蓙《ござ》が敷かれている。物入れはなく、折りたたんだ薄い布団が隅に畳まれている。

(ここに鐵が通っていたとは思えねえなあ……)

「敷いてもらうもんもねえで、悪《わ》りいっきねえ」と言いながら、春は縁《ふち》が欠けた湯飲みを常吉の前に置く。

常吉は尻を細かく動かしながら、茣蓙から伝わるごりごりとした硬《かた》い感触をやり過ごした。

湯飲みのなかは麦湯だった。焦げた匂いが常吉の鼻から流れこむ。香ばしい風味が身体に染みとおると、常吉はようやく落ち着いた心持ちになった。

麦湯を飲む常吉の様子を見守っていた春は、細い目を三日月のようにして笑った。

「本当に、飲み方も鐵サンと同《お》んなじだよぉ……なんでも美味しそうに飲んで食べて……そっくりだ」

「鐵……親爺はよくここで飯を食っていたのかい」

「いんや。だいたい鐵サンは家《うち》にあがりこんだことぁなかっただよ」

鐵が春の暮らすところにあがりこみはしなかったと聞いて常吉は茣蓙に落ち着かせた尻をもぞもぞと動かした。

「おらや久をつれて、よく蕎麦やらを食べに連れていってくれただよ」

「で、おかみさんと鐵とは、その……どういう……」

「鐵サンは、おらの死んだ宿六《やどろく》の友だちずら。鐵サンがそういってただよ……」

「おかみさんのご亭主……亡くなったのかい」

「ああ……誰かに斬られて、ね」

春の死んだ夫は太助《たすけ》という。ふたりとも駿河の益津《ましづ》（静岡県焼津《やいづ》市）という小さな漁村のものだった。

各地の農民が田畑を捨てて江戸に出てくる動きに公儀は頭を痛めているが、江戸に流入するものは農民だけではない。息の詰まるような片田舎より華やかな江戸での暮らしを、という考えが若いものの心にめばえた。

漁師だった太助は船を操れる。水運によって支えられている江戸で生業《なりわい》はすぐに立った。やがてふたりの間に久が生まれる。太助は、少しでも生計《たつき》が楽になればと考えたらしい。

「なんだかよくはわからねえだけん、親方から回していただくほかに、大きい声ではいえねえ荷も扱うようになっただよ……船頭はみんなやっているだ、といいながら……」

抜け荷の手助けだろう、と常吉は見当をつけた。

長崎には異国から貴重な品が入ってくる。公儀では異国からの品物の取引額の上限を定めている。上限を超えたものは陸揚げは許されなかったが、異国のあきんどからすれば危険を冒して運んだ商品だ。またこちらでも、珍しい品物で一儲け、とたくらむ輩は後を絶たない。本来は認められない品々が「抜け荷」だ。

陸には揚げられない荷は、海上にでていった小舟で取引される。

朝鮮人参などの薬や白糸、紗綾《さや》、綸子《りんず》などの豪華できらびやかな布地や糸、さらには琉球国の砂糖も抜け荷としてひそかに流入してきた。

太助は、抜け荷を船で江戸市中に運ぶ手伝いをしていたのだろう。

「おらはさんざん言っただよ……悪いことに手を貸して稼いでも、どうせろくなことにはなりはしねえ、って……亭主も気ィの小せえ男だもんで、びくびくしながらやってただけんねえ……」

「で……鐵とはどうして知り合ったんだい」

「へえ。抜け荷の手伝いの仲間だ、って、そう言ってただよ」

「鐵が抜け荷の……」

常吉はあわてて声を落とした。

目明かしのなかには不心得者も多い。ゆすりたかりはいうに及ばず、なかには悪事の片棒をかついでいるものもいる。

しかしまさか、鐵が小金ほしさに抜け荷の手伝いをするとは思えぬが。

春はのんきな声で続ける。

「鐵サンは十手もちだってねえ。亭主もそういってただよ、十手もちにはろくな奴はいないがなかでは鐵サンはよい人だ、って」

抜け荷の片棒担ぎによい人もないものだ、と常吉は心のうちで吐いて捨てる。

常吉は気を取り直して春に訊ねた。

「で、ご亭主は……斬られた、と……」

「へえ……なんでも下谷のほうのお寺に品物を収める手伝いをしたときに、えれえものを見ちまったといって……気の小せえ男だけん、がたがたと震えて……」

「なにを見たか、話しちゃくれなかったのかい」

春は常吉に告げた。

「『地獄で公方さまのきんたまを見た』と……それっきりまたがたがたと震えたままで、あとは何《な》ぁんにも言わなかっただよ。公方さまのきんたまなんて、ふん、ええ加減《かん》でもねえことを……」

「なんだい、そりゃ……」

常吉もあきれて声をあげた。

「わけェわかんねえだよ。そしたら何日かあとに、斬られて……ここ、お腹《なか》ンとこをまっすぐに……」

鐵を斬った刀筋と同じだ。

常吉は冷めた麦湯を口に運んだ。冷えて苦味が勝った風味が常吉の五臓にしみとおっていった。

堀留町を出たときにはまだ陽は沈んではいなかった。神楽坂には暗くなる前に帰り着けるだろう。常吉は考えながら歩を進めた。

鐵が金ほしさに悪事に手を染めていたはずはない。おそらく抜け荷の実態を暴くために一味に身を投じたのだろう。受け取った金は、夫を失い子供を抱えてひとりになった春に渡しでもしていたのだろうと見当をつける。

生来の悪党ではない太助は悪事が怖くなって仲間から抜けようとして斬られたのか。それにしても、斬られる前に鐵と太助はなにを見たのだろうか。『地獄』だの『公方さまのきんたま』だの、大の男ががたがたと震えるほど怖がったものとはなんだったのだろうか。

ぼんやりと歩いていた常吉は、すんでのところでひとりの侍に突き当たるところだった。編み笠を深く被った侍だ。紺無地の着流しで素足に古びた雪駄《せった》。無役の浪人もののようだ。

「こりゃ、旦那、ごめんなすって……考《かんげ》えごとをしておりやした」

常吉は即座に詫び、浪人ものをすり抜けようとした。

浪人ものの低い声が常吉の耳に届く。

「そなたは神楽坂の鐵の倅《せがれ》じゃな」

「んっ」

常吉はすぐさま浪人もののかたわらから飛び退《の》いた。

常吉は身をかがめ、編み笠の奥の顔をのぞきこむ。浪人ものは編み笠の縁に手をかけぐっと引き下げる。常吉の目に鋭く尖った顎の先だけが映った。

常吉は浪人ものに呼びかける。

「鐵の倅だったらどうした。ぜんてえ、てめえは誰だ」

浪人ものは答えぬまま続ける。

「船頭の太助の女房から何を聞いたのじゃ。太助が隠したもののありかは聞いたのか」

「隠したものだぁ……何を言ってやがンでぇ」

「聞いておらぬか……では用はない。行けッ」

「てめえ……さては鐵を斬ったのはてめえだな」

編み笠の奥から「フンッ」というせせら笑いの声が聞こえる。

「拙者は今でこそ落魄《らくはく》しておるがの……上野沼田《こうづけぬまた》で直新影流《じきしんかげりゅう》を修めたもの。目明かしや船頭など斬りたくはなかったが、の……」

常吉は武術の心得などはない。また多少の心得があったところで、この浪人ものにはなまなかでは勝てぬとすぐにわかる。

が、鐵や太助を斬ったとおぼしい相手を目の前にして手も足も出ぬとは悔しい。

歯がみする常吉をよそに浪人ものは続ける。

「そなたの父もあの船頭も、見てはならぬものを見たゆえ斬ったのじゃ」

「見てはいけねえものを見た、だって……」

常吉の身体中で熱い血が沸きたった。春の言葉がよみがえる。

「見たなぁ、公方さまのきんたまかッ」

編み笠の奥からからからという高笑いが聞こえた。

浪人ものはひとしきり笑うと、常吉に言い放った。

「そなたは太助が隠したものの詮議に役に立ちそうじゃ。見逃してやる。行けッ」

踵《きびす》を返しながら浪人ものは続ける。

「そなたも十手もちのようだが、あいにく目明かしや奉行所ごときの手にあう話ではないわ……悪いことは言わぬ。無駄にあがくでないぞ……」

常吉は浪人ものの背に精一杯ふりしぼった声を投げかけた。

「てめえ……名はなんというんでぇ」

「藤川縫之助《ふじかわぬいのすけ》」

浪人ものは振り返りもせぬまま遠ざかっていく。

横町の奥から夫婦者らしい男女のやりとりが聞こえてくる。

「おう、おっ母ぁ……まだ空いているうちに早えとこ湯ぅに行ってきなヨ」

「ああ……お前さん。金坊をちゃんと見といておくれよ」

常吉は立ちつくしたまま、編み笠姿の藤川縫之助の後ろ姿を見送った。

第三章　備中屋の変事

一

年が改まった。寛政六年（一七九四）。

梅や桃も終わり桜が咲きはじめた。花の時分になると美代がうるさい。

「ねえってば……上野のお山にさぁ……花を見に連れていっておくれよ」

常吉は相手にしない。いや、相手にする暇がない。

「でけえ図体《ずうてえ》をしやがって、赤ん坊みてえにぐずるんじゃねえ」

美代には気の毒だが、常吉は一喝した。

常吉も美代と一緒に花見に出かけたらさぞ楽しいだろうとは思う。また食いしん坊の美代は以前から、「上野の清水さまの茶店のお団子が美味しいンだってさあ」と口にしていた。団子も食わせてやりたいところだが、話がこうたてこんできては美代の相手をしている暇もない。

鐵が面倒をみていたという春のところに顔を出したら藤川縫之助という浪人ものか

ら言葉をかけられた。

縫之助は鐵や春の夫の太助を斬ったとぬけぬけと言い放った。また、太助が残したものがなにか春から聞いていないかとも訊ねた。同じような聞き合わせに日本橋の目明かしの駒蔵も姿をあらわしている。

（太助や鐵を斬っちまったから、捜しているものが何かわからなくなってしまったンじゃあねえか。間抜けな悪党どもだ）

縫之助によれば鐵や太助は「見てはならぬものを見た」ゆえ斬ったという。

何かは知らぬが、大事な捜しものよりもさらに大事な何を目にしたというのだろうか。

春によれば太助は下谷の寺でなにかを見てがたがたと震えながら帰ってきたという。寺の名もわからぬ以上、むやみには聞き回れぬ。

太助が隠したものからたぐっていく手しかなさそうだ。

太助は悪事の証《あかし》となるなにかを持っていたのだろうか。悪党どもは太助が持っているものを取り返せぬままいるのか。太助の女房を見張っていたところ、常吉が出入りしはじめた。焦《じ》れた悪党どもは、常吉を突《つ》つけばなにか動くと思ったのだろう。

小舟町の駒蔵も、生前の鐵について常吉をはじめあちこちを嗅ぎ回っている。

太助が持っていたというものを見つけだせば悪事を暴ける。鐵の仇も討てるというものだ。

常吉にいろいろな話をしてくれた春だが、太助がなにかを隠しているらしいという話はしなかった。

太助も春を巻き込みたくはなかったのだろう。春も知らないどこかに、悪事の証のなにかが隠されているはずだ。

が、三畳一間の裏長屋のどこに。

浪人ものや駒蔵はむろん、悪党のほんの手先に過ぎないはずだ。鐵や太助を殺害した悪党の親玉をつかまえなければならぬ。

気は急《せ》くが、ではどのようにして見つけだすか、という知恵は常吉には思いつかない。下手に口にしては春を危地に追いやる次第にもなりかねない。

「ううん……どうしたものか……」

家にくすぶっていたところでものごとが動くわけではない。常吉は表に出た。

柔らかい陽光が常吉の頬にあたる。界隈の武家のお屋敷から、女乗りの駕籠が出ていく。女たちや若党が何人も付き従っているところをみると、奥方が上野か飛鳥山《あすかやま》か、花見にでもゆくのだろう。

常吉の目にふくれっ面《つら》の美代の顔が浮かぶ。

（美代《み》ぃ坊、おいらぁ殿さまじゃねえんで花見に連れて行けなくて許しッくんな……その代わり、ことが片付いたら……）

片付いたらなんなのさ……と常吉の目に浮かぶ美代はまだ怒っている。

片付いたら……の先を考えていると常吉の顔は我知らずのうちに火照《ほて》ってきた。

遠くから三味線の音が聞こえてくる。寄席の大黒亭の前にさしかかっていた。

三味線にあわせて微《かす》かに女が唄う声が聞こえてくる。河東節《かとうぶし》だ。

〽知らぬ人はなき名は武蔵野に　一声かかるほととぎす

蝶の声だ。蝶は万作とおなじく上方から流れてきたが、江戸の音曲の河東節もすっかり手のうちにいれている。

このところ大黒亭にも顔を出してはいない。大黒亭は例の水野要人さまというお武家とのつなぎの場所にもなっている。ちょいとのぞいていくか、と常吉は葭簀《よしず》囲いの裏に回った。

すぐに万作が声をかけてきた。

「親分、どうしなハッたン、顔がえろう赤《あこ》うおまっせ」

美代のことを考えているうちにひとりで赤くなった顔を言い当てられ、常吉は話をそらす。

「水野さまからぁ、なにもいってはこねえのか」

「ヘエ……でも親分、水野さまからは何もですが、この万作、面白《おもろ》イもンを見たンですワ……いえナ、赤城神社の裏の岩井さまンとこに……」

万作はいつになく得意気だ。

またどうせろくでもない話だろうと思いながら常吉は耳を傾けた。

岩井作次郎さまは一千石の旗本。評判は至極《しごく》よい。

大名旗本の屋敷に奉公する中間《ちゆうげん》などは主家の威光をかさにきて威張ってろくなものではないというところが通り相場だが、岩井家では下々のものにいたるまで武家としての品を守るべしという教えが行き届いている。

「岩井さまンとこの庭掃除の中間は、よその家の家老くれえに品がいい」とは神楽坂界隈で誰もが口にするところだ。

「きのうわたいが岩井さまのお屋敷の前を通りかかったところ……」

「なにぃ……」

万作の話に常吉は身を乗り出した。

二

万作の話によると、岩井さまの屋敷に不審なものたちが数人、隊伍を組むようにして入っていったというのだ。

「表やのうて裏の木戸から、なにかの職人らしいのンが次々にお屋敷に入っていったンだす……みんな法被をはおってましたが、どことのう落ち着かいで、やたら裾を引っ張ってみたり襟首のへんを直してみたり……あら借り物でんナ」

なんのためかはわからぬが、岩井家では何人もの職人を屋敷にいれたらしい。植木や庭の手入れや屋敷の営繕《えいぜん》のための職人なら、なにもそろって屋敷にくるにはおよばない。いったいなんのために、何人もの職人らしきものたちを屋敷に招きいれたのだろう。

「最後に入ったンが連中の親玉ですワ。恰幅のええ、あらあきんどに違いない……羽《は》二重《ぶたえ》のエエ羽織に袴も仙台平の上物で……あんだけのものを着ようというンは、並大抵やおまへん」

常吉は以前、赤城神社の茶店で岩井作次郎の屋敷のありかを訊ねていた男を思い出した。

ごくありふれているとみえて実は細かなところに贅《ぜい》をこらした羽織を身につけたあきんどらしい男。振る舞いも口調も垢抜け、並のものではないとすぐにわかる。

あの男が悪党の親玉とは思えぬが、人は見かけによるものではない。

（岩井さまは評判のいい殿さまだが、実は……って話もあるかもしれねえ）

万作は得意そうに続ける。

「それに親玉はもうひとり、男を連れていたンの。その男も羽織袴姿やけど、あきんどにはみえまへんで……かといって職人でもなし。背ェをビシッとまっすぐにして、まるでお武家さまのようやったンですが、腰にはなにも……」

「刀を差してねえ、丸腰かい」

「へえ。丸腰のお侍なんて知りまへん……どうも怪しい一行でおます……それに親玉らしい奴が、何《なん》やらあやしいことをしゃべっていたンだす……『きらきら光るものはみんな好きだから奪い合いになるにきまっている』と……」

「きらきら光る……金銀のお宝の抜け荷かぁ……」

「へぇ……わたいもそない思いましてン」

「岩井さまは悪りいことをなさる方じゃねえと思っているが、こりゃ……」

金や銀は通貨の基本となる天下のお宝だ。公儀がすべて差配している。公儀の目をすり抜けて金銀が流通する次第になれば天下は大混乱になる。禁を犯す金銀の抜け荷は重罪だ。

「これはすぐに同心の石塚さまに……」と思った常吉だったが、いっぽうで「いや、待て」という声が聞こえる。

金銀の抜け荷という天下の重罪に旗本がからんでいると聞けば、石塚も動かざるを得ない。いや、石塚のことだからすぐに腰をあげて動くだろう。

ただ相手が武家となると、江戸町奉行所は手を出せない。

江戸町奉行から武家を取り締まる目付、さらにその上の大目付にまで話を通してから、という大仰《おおぎょう》な話になる。

石塚が動いたはいいが、確証を得られぬまま時が過ぎていけば責を問われる次第になるかもしれない。いや、間違いなく腹を切らされるだろう。

鐵が探っていたとおぼしき抜け荷にどのような筋が関わっていたのかはわからぬが、石塚には報告せずひとりで動いていたという心情が常吉にははじめてわかった。

（うかつに表沙汰にはできねえ。が、もちろん放っておけるはずもねえ）

常吉は万作に命じた。

「万作、ご苦労だが、岩井の屋敷、しばらく目を光らせておいてくれ」

「へえ。任しとくンなはれ。わたいの初手柄にしまっサ」

上方言葉で請け合われるとどうも軽いが、万作はすっかり目明かしの子分気取りだ。

死んだ鐵や太助が関わっていたとおぼしき抜け荷に加え、旗本一千石の岩井家が関わる金銀の抜け荷も調べなければならない羽目になった。

(これじゃ身体がいくつあっても足りねえや……)

常吉の耳に鐵の声が響いた。

(おれはひとりで抱え込んでいたんだ。おめえは進んで手伝ってくれる子分がいるじゃあねえか。仲間を大事《でえじ》にしなヨ、常……)

藤川縫之助は春に目を光らせてはいるが、探しているものがどこに隠されているのやら見当もつかない以上、うかつには手を出せないでいる。常吉が顔を出していさえすれば春や久の身が危うくなりはしないだろう。

常吉もこのまま素知らぬ顔で堀留町に顔を出し続けて機を待つよりほかはなさそうだ。

常吉の足は神田日本橋の方角に向いている。

（石塚の旦那から頼まれている女が男に変わったという妙ちくりんな一件もあったなあ……そろそろ備中屋に顔を出してみるか……）

三

日本橋本銀町《ほんしろがねちよう》の薬種問屋、備中屋の店先に立派な駕籠《かご》が二丁、停まっている。一丁は武家の乗る男もの、あとの一丁は女の乗る駕籠だ。女駕籠には金の飾りもあしらわれている。男駕籠の乗り手より身分の高い女のようだ。

市井《しせい》のものが気安く足を運ぶ店ではない。

備中屋は店構えからして静かだ。地にとどこうというほど長い暖簾《のれん》がかかっているために店のなかがどのような様子かはわからない。常吉はかまわず暖簾を抜けて店に入った。

店のなかも静かだ。丁子《ちようじ》か肉桂《につき》か、生薬《しようやく》の匂いがぷうんと鼻をつく。

結界の向こうの帳場に番頭らしき男が小僧になにかをいいつけている。男は店先に腰をおろした常吉にすぐに目をとめた。いぶかしそうな目で常吉をみながら、それでも丁寧な口調で訊ねた。

「そちらさま……なにか御用でございましょうか……手前はこの店《や》の番頭でございますが……」

奇妙な話を調べるのに小細工は無用だ。常吉は腰の後ろに手を回し十手を取った。

「番頭さんかい、おいらぁ神楽坂で十手をお預かりしている常吉、って者《もん》だ。実は……」

小細工は無用。常吉は江戸町奉行同心の石塚から備中屋の奇譚《きたん》について調べるよう命じられたと番頭に話した。

「……というわけで、おいらも石塚の旦那に何かしら申し上げなけりゃならねえ。いろいろ話を聞かせてもれえてえ、と、こういうわけだ」

「それはそれは神楽坂の親分、お役目御苦労でございます」

番頭は如才なくこたえた。番頭から用事をいいつかっていた小僧もすぐに起《た》ちあがって姿を消した。店のものは小僧に至るまで、なかなか目端が利いていそうだ。

「お嬢さまが朝になったら男に変わっていたという……それはもう手前どもも驚きましてございますよ……薬種問屋という商売柄、高名なお医者さまをお願いして診《み》ていただきましたが、これはもう、男に間違いない、と……こんな奇妙な話は聞いたことがないと、どなたも首をひねっておいででした」

番頭はひととおり話し終えると、常吉に水をむけた。

「親分もご心労と存じます……骨休めに、少《ち》と差しあげましょう……庭の桜がたいそう評判の料理屋が近くにございますので、ご一緒に……」

いかにも世智に長けた大店《おおだな》の番頭らしいとりなしだ。お上の御用にきたものをもてなして、さらに白紙でくるんだものでも渡そうというのだろう。

よそでなら常吉も「おいらを安く見やがって」と腹を立てるところだが、なにしろ女が男に変じたという奇妙な調べごとだ。酒の一杯にありつくくらいはかまわないだろうとは思ったが、とりあえずは形どおりの調べは済ませなければならない。

常吉は「いや、あんまりゆっくりもできねえんで」と誘いを断り、続けた。

「その男に変わっちまった娘さんに会いてえンだが……」

「お嬢さま……でございますか……」

変わらず如才ない笑みを浮かべてはいるが、番頭の目がほんの少し泳いだ。

(そら、常……ここだッ)

鐵の声が常吉の耳の奥で響く。常吉はさあらぬ顔のまま番頭に訊ねた。

「表にたいそうな御駕籠が停まっていたが……客人かい」

番頭は答える。

「手前どもは千代田のお城の大奥の御用もつとめておりますので……御広敷《おひろしき》御用人の竹本隼人正《たけもとはいとのしよう》さまがお越しで……」

「ふうん」

常吉はさらに訊ねた。

「大奥の御用となると、なんでぇ……大奥のお女中までついてくるのかい」

此度《こたび》は番頭は明らかに言いよどんだ。

「いえ……まあ……お越しになることも……ございますんで……」

「ずいぶん立派な御駕籠だ。大奥でもたいそうなお方がおいでなのかい」

「ええ……まあ、その……」

言いよどむ番頭に代わり、奥からの声が応じた。

「大奥御年寄《おとしより》、峰山《みねやま》さまでございますよ」

奥から出てきた男は備中屋の主人《あるじ》だろう。五〇歳ほどの背の高い男だ。太い眉と澄んだ目。意志の強そうな顔つきの男だ。

「ご挨拶が遅れて申し訳ございません。手前が備中屋でございます……あらましは奥で伺っておりました。お役目、ご辛苦でございます」

備中屋は常吉の前にきちんと直り、手をついて頭を下げる。かえって常吉がへどもどしてしまった。

「いやね。おいらもお役目柄、そちらのお嬢さまにお会いしてえ、と、こう思って寄せてもらったんで……」

「ごもっともでございます」

備中屋は鷹揚《おうよう》な笑みを浮かべて答える。

「ただ本日はちと……お客様がおみえで……」

「なんでも大奥の偉《えれ》え方たちがふたりもお越しとか」

「はい」

備中屋は背筋をしゃんと伸ばしたまま常吉の顔をまっすぐに見据えた。常吉の心も引き締まる。

「実は手前どもの娘の松には竹本隼人正さまから内々に、お城の大奥にご奉公しないかというお話がございまして……これはもう、手前ごときの娘にそのようなご奉公は無理でございますと再三ご辞退申し上げてはおりましたが、隼人正さまからはそこまでの辞退はかえって非礼、とのお言葉……むろんもとより大奥へのご奉公は身に余る誉れでございますゆえ……」

備中屋娘の松が大奥へ奉公する段取りが進んでいたところに、此度の珍事だ。備中屋はさっそく、隼人正に事情を話し断りをいれた。

「隼人正さまの仰せには、『大奥へももう話は通してあるゆえ、なまなかな事情では収まらぬ。事実、娘が男に変じたか検分いたす』とのこと。本日、大奥御年寄の峰山さま直々に娘の身体を検分される、という運びになってございます」

「ふうん……そりゃ、とんだところに来あわせちまったなぁ……」

番頭が即答できなかったも無理からぬところかもしれない。

常吉は呟いた。

「いっちゃなんだが、町の娘が奉公に上がるかどうかに、大奥の御年寄までお越しになって調べるたぁ、大変《てえへん》な騒ぎだねぇ……」

備中屋が常吉を見据える目が光を帯びた。

「まったくで親分、大変な騒ぎでございます」

奥から酔っているかのような男の声が聞こえた。

「備中屋、備中屋はどうした、どこに参ったのじゃ」

備中屋は常吉に微笑むと、「隼人正さまでございます。峰山さまの御検分が済むまで、手前がお相手をしておりました」と告げた。

「いちおう隼人正さまにも、町方の御用の親分がお越しになった旨はお伝えいたしておきましょう」

備中屋は常吉にふたたび礼をすると座を立って奥へ戻っていった。

しばらくすると奥から大きな声が聞こえた。

「なに……神楽坂の目明かしがきたと、な……」

帳場と奥を隔てる暖簾の隙から常吉の様子をうかがう目がのぞいた。

常吉は素知らぬ顔で番頭と話を続ける。

(なんだって、おいらの面ァ確かめにきやがったんだ……竹本隼人正……)

四

千代田のお城には大奥というところがある。男は公方さまよりほかは足を踏みいれられないところだ。

常吉も、御年寄といえば大奥はおろか公儀においても大きな力をふるえる方《かた》だと知っている。なんでも大崎という御年寄は、松平越中守定信さまが老中に就かれたときに「以来は同役」と言い放ったとか。

さすがに激怒した越中守さまによって大崎は大奥を追われたが、老中首座たる人物に対してかようなロがきけるというところからも力の強さがわかる。

大奥御年寄が直々に備中屋の娘の検分にきたという。ただごとではない。

常吉は以前に赤城神社の茶店の婆さんから聞いた話を思い出した。

公方さまは無類の女好きで、大奥の役人たちは血眼になって町方の美しい娘を探し回っているという。公方さまのお気に召す娘を連れていけば、立身につながるということだろう。

大奥で公方さまのおそば近くに仕えるには、御年寄の口添えも必要なのだろう。峰山も、あてがった娘に公方さまのお手がつけば大奥での力も増すはずだ。

隼人正は備中屋の娘を大奥にあげようと画策していたところ、娘が男に変じてしまうという事態になった。ことを運んできた手前、峰山にも納得させようと備中屋で検分をさせた、というところか。

常吉は、備中屋の主人《あるじ》の、なにか意を決したかのような顔つきを思い浮かべた。

(大奥なんざぁ、化け物の巣みてえなところだろう……備中屋も娘をそんなところにやりたかなかったろうから、もっけの幸いか……いやしかし、自慢の娘が男に変わっちまったとなると、喜んじゃいられねえなぁ……)

備中屋を出て歩きながらとりとめもなく思いをめぐらす常吉の背後から鋭い声がと

んだ。

「寄れッ、寄れい」

常吉は道の端に飛びずさる。

前後を警護の侍に守らせた駕籠が二丁、常吉を追い越してゆく。男駕籠と女駕籠。

備中屋の前に留っていた二丁の駕籠に間違いない。

先は今川橋。駕籠は橋を渡ってまっすぐに筋違御門《すじかいごもん》の方角に向かう。門の先は上野のお山だ。

（んん……）

常吉は二丁の駕籠を見送りながら考えた。

（大奥御広敷の用人も大奥御年寄も、用事が済んだらお城に戻りゃいいのになんだって……）

駕籠はお城とは逆の方角に向かっている。

駕籠は筋違橋《すじかいばし》を渡った。御成街道《おなりかいどう》をまっすぐに、上野のお山を左手にみながら広小路を渡り下谷にはいった。

下谷は大小の寺がひしめいている地域だ。

二丁の駕籠は小さな寺の門をくぐって境内にはいった。

門の梁には蜘蛛の巣に覆われた額がかかげられ、『木蓮寺《もくれんじ》』という寺の名が読みとれる。

大奥につとめるものは外出はめったなことでは許されない。御年寄という枢要《すうよう》な地位ならなおさらだ。

わずかに寺社への参詣だけは許されている。なかには寺参りと称して千代田のお城を出て、遊興にふけるものは後を絶たないという。

大奥につとめるものが男と駕籠を並べて寺に入ったとなれば、目的は察しがつく。

(大奥御年寄さまったって、息抜きは要《い》るってなもんだ。野暮はいわねえ……が……)

目的は男との密会でも、表向きは歴とした寺参りだ。

(寺の門を駕籠乗り物のまま通るなんざ、公方さまか天子さまよりほかにはねえはずだが……)

駕籠に乗ったまま門をくぐるとはずいぶん無作法な振る舞いだ。

寺の門は瓦で葺《ふ》かれているが、風で飛んだのか下地の土が剝《む》き出しになっているところもある。ところどころから青い草がひょろりと伸びている。

門から中をうかがっても、掃除や手入れが行き届いているようにはみえない。大奥の重鎮が参詣するにふさわしい寺とは思えない。

（近くで寺について聞いてみるか……ま、大奥御年寄と隼人正がなにをしようが、こちとらの領分じゃねえが……）

寺方は寺社奉行の管轄だ。見とがめられても面倒になる。

踵《きびす》を返した常吉の目に異様な風体の男が映った。

いちおう灰色の着物は身につけてはいるが、ところどころに染《し》みが浮いて汚らしい。袖口は裂けたなりでだらりと垂れている。開いた胸元からは垢でてらてらと光った胸がのぞいている。

髷を結っていないところをみると寺男だろうか。ひげは伸び放題。頭もいつ剃ったのかわからぬほどぼうぼうに髪が伸びている。半開きにした口の端からは、泡まじりの涎《よだれ》が糸をひいて垂れている。

ろくに食べていないかのように痩せこけた男だ。着物の裾から尖った膝頭がのぞく。およそ生気のない男だが、目だけは大きく見開きぎらぎらと光っている。

まるで地獄絵でみる餓鬼《がき》だ。

江戸の町にはすたすた坊主という連中がいる。すたすた坊主は物乞いで、真冬でも腰に注連縄《しめなわ》を巻いただけの裸だ。頭には荒縄を巻き、割り竹をならしながら「〽すたすたすた」などと歌って踊って歩く。

男はすたすた坊主のなれの果てだろうか。

男は常吉のかたわらを抜け、よろよろと寺に入っていく。むっとする異臭が常吉の鼻をついた。

「ひひ……ひひひひ……」

男は常吉に呼びかけた。

「おめえさまも、公方さまのきんたまを見にきたのかい」

男はさらに奇妙な笑い声をあげながら寺に入っていく。

常吉は立ちつくしたまま、男の後ろ姿を見送った。

五

「そうかい……木蓮寺はずいぶんと怪しい寺だなぁ……」

常吉は、下谷の界隈を聞いて回って戻った政五郎の話に息を吐《つ》いた。

政五郎によれば、あの気味の悪いすたすた坊主はもとは木蓮寺の住持だったという。

何があったか、今ではあのように身も心も冒《おか》され、よだれを垂らしながら木蓮寺の界隈を歩きまわっているらしい。

政五郎は話を続ける。

「木蓮寺の住持がああなっちまう少し以前《まえ》から、妙に立派な駕籠が出入りするようになったという話で……いつぞやは、紋所《もんどころ》こそ入ってはいないものの、見たこともない立派な駕籠が入りやして、そのときには界隈の辻ごとに警護の侍が立つというもののしさ……町内のものはひどく迷惑だったと申しておりやした」

「ふうん……」

座敷から美代の声がする。

「常ちゃん、ご飯よぉ」

「おっと、もう飯の時分かぁ……どうりで腹が減った」

常吉は政五郎とともに夕餉に加わる。

「薄気味悪りいったらありはしねえ……厭《いや》なもンを見ちまった……」

母の絹のほかに、政五郎、万作と蝶夫婦に美代。常吉のところの夕餉の顔ぶれは定まってきている。

腰を落ち着けるや、常吉は思い出して政五郎に訊ねた。

「そうそう、すたすた坊主が言っていた『公方さまのきんたま』、たぁ、なんだろうなぁ」

「もう常ちゃん、やめてよッ」

美代がきんきん声で叫ぶ。

「きんたまだなんて言わないでちょうだい」

常吉は「ヘッ、美代ぃ坊だって言ってるじゃねえか」と心で思ったが、口にするとまたきんきん声が攻めてくる。黙って首をすくめた。

例によってひとりちびちびと呑っていた絹が常吉に徳利《とつくり》をぶらぶらと振ってみせた。

「そういうときには、身体《からだ》ァ清めなくっちゃいけねえヨ。一杯《いっぺえ》つきあいな……美代ぃちゃん、あと一本、つけとくれ」

「あいあい」

美代は気軽に応じ、燗《かん》徳利をもってくる。

「はい常ちゃん、おひとつどうぞ」

「ヘン、おいらぁ手酌でやらあ」

常吉は美代から徳利をひったくると、熱い酒を腹に流しこんだ。

夕餉の菜はおからだ。人参や蒟蒻《こんにゃく》を細かく刻み、甘辛にうまく味がついている。

箸でつまんだおからを口に放りこんだあと、酒で洗い流す。

美代が常吉の顔をうかがいながら訊ねた。

「どう、きょうのおからは」

業腹《ごうはら》だが、常吉は素直に答えるしかない。

「うめえよ」

美代はおからを炊《た》かせたら天下一品だ。おからの味付けには自信がある美代はわざと訊ねたのだ、と常吉は思う。

(本当《ん》とうに、美代ぃ坊の野郎、おちゃっぴいでかなわねえ……)

絹はかわらずちびちびと飲りながら、常吉たちの様子を眺めている。

美代が我が物顔にふるまうところは閉口だが、みんなが顔をそろえての夕餉も悪くはない。

日本橋堀留町の春のところをめぐる一件に加えて、近所の岩井作次郎の屋敷に出入りする怪しい影、さらには備中屋の娘の話に下谷の寺の薄気味の悪い坊主。

(あのすたすた坊主は、あんまり深く掘ることたぁねえか……)

薄気味の悪いすたすた坊主はいいが、常吉には竹本隼人正という男が気にかかった。

(備中屋で隼人正は、おいらが神楽坂の目明かしと聞くと大声をあげて驚きやがった……わざわざおいらの面《つら》をたしかめもしたなぁ……)

石塚の旦那から命ぜられた備中屋の娘が男に変わった一件も、そろそろ目鼻をつけなければならない。

政五郎は絹から何杯か勧められたあとは杯をおき、飯を食っている。黙ってはいるが頼もしい。

なにしろ常吉には妙なできごとが一度に降りかかっている。どこから手をつけたものか、政五郎の知恵を借りたいところだ。

「ただいま戻りました」

戸口から元気な声が響いた。多吉郎だ。今日は阿蘭陀《おらんだ》からきた医者の話を聞きにどこぞへ勉強にいってきたらしい。

元気な声そのままに、多吉郎はどたどたと早足で上がると常吉の前に座った。

絹が「せわしねえ……多吉郎、足も洗わねえでなにを急《せ》いてやがる」と叱るが、多吉郎は意に介さない。

目をきらきらと輝かせ、嬉しそうな顔を常吉にむけている。

「兄《にい》さま、わかった。わかりました」

常吉は、多吉郎の「わかった」はさんざんに聞かされている。多吉郎も兄を助けようと懸命なのだと思うと嬉しいが、なにも飯どきに騒がなくても、と思うところは絹と同じだ。

「なにがわかったんでぇ……またぎりしあで女が男に変わった話をみつけたのかい」

「いえ、そうではありません、兄さま……なにもわからなかったからわかったんです」

多吉郎はいよいよ目を輝かせて続ける。賢い奴のいうことは、どうにもわからねぇ……と常吉は心のうちで首をひねる。

多吉郎は常吉の様子などは意に介さず続ける。

「本日は阿蘭陀から渡ってこられた医師の話を聞きにいったのです。ぎ、り、し、あでは蛇が番《つが》ったところをみて女が男に変わりましたが、備中屋の娘はそんなものをみたわけではありません。ならひょっとして、南蛮には女を男に変じさせる薬があるかと思い、訊ねたのです」

「ほう……で、そんな薬があったのかい」

常吉が問うと多吉郎は言下に「いいえ。阿蘭陀の先生は『そんな薬はない』ときっぱりとおっしゃいました」と応じた。

「つまり、やはりなにもわかりません。だから、わかったのです、兄さま」

常吉だけではなく、夕餉に集まったものたちは皆、多吉郎の熱気に当てられたかのように黙って話を聞いている。

「備中屋は嘘をついております」

多吉郎の言葉にしばらく誰も声をあげなかった。

美代が前歯で胡瓜《きゅうり》のこうこを噛むぽりぽりという音だけが響く。

静まりかえった座にたえかねたかのように万作が素頓狂《すとんきょう》な声をあげた。

「そうでンがな、嘘に決まってますがな……わたいは最初《はな》っから、そない思ってましてン……」

万作は皆が心の底に沈めていた思いを解き放ったようだ。

「そうよねえ……女が男になっちまうなんて、あるはずないもの」

「おかしいと思っていたわ」

「そうでっしゃろ。こんなんやったら、お陽《ひ》ぃサンが西から昇りますワ……」

常吉の目が政五郎と合った。

「やっぱり……」

政五郎も目でうなずく。常吉は政五郎と目で言葉を交わした。

「なぜ備中屋はそんな嘘を……」

「さ、そこを探るのが親分の役目でさ……」

（こいつぁ、また忙しくなってきやがった……）

嘘なら嘘でもよいが、石塚さまへはどう報告したものか。八丁堀同心が乗りだしたからには、ことと次第によっては備中屋がおとがめを受ける次第になりかねない。

常吉はいかにも意志の強そうな備中屋の澄んだ目を思い浮かべた。曲がったことを企てるような男にはみえない。また情け深い人柄で近隣では神仏《かみほとけ》のごとく思われている人物だ。

政五郎が常吉に告げた。

「若……明日にでもご一緒に備中屋に参《め》えりやしょう」

「政さん、忝《かっち》けねえ……おめえが手伝《す》けてくれれば百人力だ」

急に腹が減ってきた。

「美代ぃ坊、飯をよそってくんな」

「あいよ」

飯を盛った茶碗を常吉に渡しながら美代は感心したように多吉郎に告げる。

「そういう薬がない、だから嘘をついている。だなんて、すっぱりと見破るなんて、さすがは多吉《たき》ッちゃん、あたしらとは違って賢いわ」

年上の美代からほめられて多吉郎は得意気だ。

「ものごとの結果から根本のわけにさかのぼって考えるやり方でございますよ。異国のでかるとと申す方が用いたやり方で……でかるとは、それはそれは偉い方で。『こぎと　えるご　すむ』という名言を残しておられるとか。『我思う故に我あり』と……」

多吉郎の異国話は止まらない。

(明日は朝から備中屋に乗りこむかぁ……)

多吉郎の声はやまない。

「ところがここですぴのざという男が現れまして、でかるとに楯突いたのでございますよ……『ものごとは根本のわけから結果にたどりつかねばおかしいではないか』と。すると……」

「多吉郎、つまらねえことをいってねえで、さっさと飯を食っちまいな……片付かなくってしょうがねえや……」

絹の声が飛ぶ。

少し酔った絹は、普段より上機嫌のようだった。

六

翌朝早く、常吉は政五郎と日本橋本銀町にむかった。

いきなり乗りこんでいって備中屋に問いただすより、少し様子をみたほうがよいという政五郎の考えに従った。

大奥で重きをなすものが直々に調べ、納得して引きあげたのだ。娘が男に変じたなど嘘だと暴くと、町方の目明かしが大奥の顔をつぶした形にもなる。そうなるとことはなかなか面倒になるかも知れぬ。

（そうかあ……ただ本当のことを明るみにだせばいい、って話じゃねえ。さすがは政さん、世智に長《た》けていらぁ……）

鐵からさんざんにいわれていた「おめえのような性分じゃ、とうてい目明かしはつとまらねえ」という言葉が少しだけ常吉の身にしみた。

まだ商家が店を開ける前だ。備中屋もまだ大戸《おおど》をおろしたままだ。

常吉と政五郎は用水桶の蔭にうずくまり、備中屋の様子をうかがう。

「ほいっ、ほいっ」

かけ声とともに町駕籠が一丁、備中屋の前に着いた。

先棒が大戸をとんとんと軽く叩き、「おあつらえの駕籠でごぜえます」と声をかける。

大戸の脇の潜り戸が開き、備中屋が姿をあらわした。備中屋は駕籠に乗りこむ。なにやら包みを抱えた丁稚がひとり供としてついてゆく。

「いってらっしゃいまし」

先日常吉の相手をした番頭が駕籠を見送る。

「ほいっ、ほいっ」

駕籠は西北の方角を指してゆく。柳原の土手筋を「ほいっ、ほいっ」と軽やかに進む。浅草橋を渡ったところで駕籠は停まった。

「旦那、肩を代えますンで」

駕籠舁《か》きは声をかけ、そっと駕籠を地におろした。行きあたった客を乗せる辻駕籠ではこうはいかない。乗せた客のあしらいが丁寧なところをみると、備中屋がいつもつかっている駕籠屋なのだろう。

御簾をおろしたままの駕籠からにゅっと手が伸びる。お供の丁稚がとんできて、なにやら白紙に包んだものを受けとった。丁稚は休んでいる駕籠舁きに包みを渡す。決めの駕籠賃とは別の酒手《さかて》だろう。

(備中屋、行き届いていやがる……駕籠屋の扱いもいいはずだ……)

浅草橋を渡ると駕籠はさらに北にむかう。本所を抜けて向島に出た。

向島には大きな商家の別宅、寮があちこちに建っている。

駕籠は黒板塀に囲まれた家の前で停まった。備中屋の寮なのだろう。

備中屋は家に入っていく。

政五郎がすかさず常吉に声をかけた。

「じゃ、親分……あっしはちょいと、あたりを聞いて回りやす」

痒《かゆ》いところに手が届く子分だ。

「おう、頼まぁ。おいらはここで張ってるから」

江戸市中とは違いのどかな田舎だ。常吉は備中屋が入っていった寮を見渡せるところにある道祖神の小さな社《やしろ》の前に腰をおろした。

七

「羽織かい……じゃ、これを……」

絹が出してくれた羽織は鐵の形見の結城《ゆうき》だった。

「おっ母さん、なにもこんないい羽織でなくても……」

「おめえが羽織を着ていくと言ったんだ。生半可《なまはんか》な御用じゃあるめえ……いいから着ていきなョ」

常吉は結城の羽織に腕を通す。しんなりとした結城紬《つむぎ》の肌触りが心地よい。

「親分、行ってらっしゃいまし」

政五郎が小腰をかがめて挨拶をする。

「お……おう」

常吉は平静をよそおいながら神楽坂を飯田橋の方角へ下《くだ》っていった。

備中屋の一件は完全に解けた。あとは備中屋に直に確かめるだけだ。

確かめるにあたっては、なりでひけをとってはいけない。せめてなりだけでも、どこに出ても恥をかかない程度でなければならない、と常吉は思ったのだ。

ぬめって湿ったような光沢の結城紬は美しい。これだけのものを着ていれば、大店《おおだな》の備中屋が相手でも位負けはしないだろう。

「おう、悪《わり》いが邪魔するヨ」

常吉は、地に届くほどの長暖簾をわざと頭で分けて店にはいった。

店の奥、結界の向こうに以前応対をした番頭が座っている。番頭は目を細めて常吉の様子を子細に確かめた。

羽織を着こんだ常吉の姿に、番頭の顔がわずかにぴくりと動いた。背筋も幾分伸びたようにも思える。

番頭は顔を少しこわばらせながら常吉に声をかけた。

「これは神楽坂の親分……きょうもお出ましとは……」

常吉はずかずかと店の奥に入りこむと、結界の前の上がり口に腰をおろした。

「旦那にお目にかかりてえんだ……向島からはもうお帰りだろう」

向島、ときくと番頭の顔がさらにこわばった。目明かしがわざわざ羽織を着て訪れただけでも気を張りつめさせられたのに、前日の備中屋の向島行きまで知られているのだ。

番頭は観念したかのように目を伏せ、常吉に「しばらくお待ちを」と告げ奥にはいった。

「親分、こちらへ……」

ふたたび帳場に出てきた番頭にうながされ、常吉は備中屋の店先から奥へと通された。

掃除の行き届いた廊下には微《かす》かに香の匂いがたちこめている。常吉はいちばん奥まったところにある座敷に通された。

茶室にもつかわれる座敷のようで、床の間には軸《じく》がかけられ花も生けられている。軸にはなにやら文字が四つ書かれている。

（なんて書いてあるんだか読めやしねえ……この字は『花』かな……それにしてものたくりやがった字だねぇ……）

軸の前の黄色の花は菜の花だ。そこらに生えている菜の花も、こうして床の間に飾られるとなんだかありがたく目に映る。

「常吉親分……お待たせいたしました」

はっきりとした声とともに備中屋が姿をあらわした。備中屋の後ろには若い男が従っている。藍の細い縞柄に同じく藍の羽織を着ている。色目は地味だが上物だとひとめでわかる。

「親分……こちらは手前どもの娘の松……が変じて、今は松之助《まつのすけ》と名乗っております……」

松之助は両手をつき、常吉に頭を下げた。

小町娘として評判だった松が変じたというだけあって、やさしい顔をした松之助もなかなかの男ぶりだ。

「ふうん……備中屋さんのお嬢さんが変じて……ねえ……」

「はい」

備中屋は常吉をまっすぐに見据えたまま答えた。太い眉の下の澄んだ目は、なにもやましいことはしていないというすがすがしい色をたたえている。

「先日も大奥御年寄峰山さまと御広敷御用人竹本隼人正さまの御検分もいただきました。町役人にも届け、人別もあらため息子、と直してございます」

備中屋は少し顔をほころばせて続けた。

「またこのたびよい嫁が見つかりまして……近々祝言を、と考えております」

「そいつぁ、おいらも知っている。向島の寮で下働きをしている娘さんだね……なんでも葛西の在の百姓の娘というじゃねえか。おいらは直に話を聞いたヨ」

常吉の言葉にも備中屋は動揺する素振りは微塵も見せない。息子の縁談が決まって安堵したという、親らしい笑みをたたえている。

「さようでございますか。娘がこんなことになりましたが、禍福《かふく》はあざなえる縄のごとし、と申します……かえってよい縁ができ、親どもも喜んでおる次第にございます」

「ところで備中屋さんのところには、すてきによくできた若い番頭さんがいたというじゃあねねか。年もそれ、息子の松之助さんと同じくらいらしいが……」

「照蔵《てるぞう》でございますか。照は親元に帰りましてございます……詳しい事情は存じませんが、たっての願いで……たいそうよくできた男で頼りにしておったのでございますが」

「ふうん……おいらは照蔵さんとやらにはお目にかかったこたぁねえが……そんなによくできた若え衆《わけ》だったら、旦那としても、ゆくゆくはお嬢さんと娶《めあわ》せて、という心づもりだったんじゃゃごぜえませんか」

備中屋は変わらず穏やかな笑みを浮かべたまま、「さあ、どうでございましょうか」とだけ応じ口をつぐむ。

常吉は心のうちで舌を巻いた。

（備中屋……すっかり腹をくくっていやがる）

常吉の胸先三寸で備中屋の企てはひっくり返る。重き咎《とが》に問われるかも知れぬ。だが常吉の目の前の備中屋には、やましいたくらみをしているものの卑屈《ひくつ》さなどかけらもみえない。

（これでいいんだよな、鐵よぉ……）

常吉は心のなかで鐵に呼びかけると、備中屋に告げた。

「旦那、手間ぁとらせちまって申し訳ごぜえやせん……十手《こういうもの》をお預かりしているものだから、一応は調べなくっちゃならねえんで……これで八丁堀にも話ができやす。『備中屋の娘は男に変わったに違えごぜえません』とね」

八

「じゃなんだな、備中屋の寮に気をつけてりゃいいんだな」

牛嶋の安は常吉に告げた。

「久方ぶりに鼻の頭ぁ見せにきたと思ったら、理由《わけ》もいわずに頼みごとたぁ、おめえも人遣《づ》けえが荒れえや……まあ、いいや。任しときな」

安は奥にむかって酒の支度を命じ、返す刀で常吉に命じる。

「今日は泊まっていきな」

牛嶋の安に言われれば、否も応もない。やがて白い湯気がたったものが運ばれてきた。安の好きなふろふき大根だ。

安は熱い食べ物が好きだ。夏の土用の最中でも、大汗をかいてふうふういいながら豆腐の田楽やら熱い汁物を食べたり飲んだりしている。

むろん、酒の燗も気をつけねば唇を火傷《やけど》してしまいそうなほど熱くする。

酒のあとの飯も炊きたてでなければ承知しない。神楽坂で鐵と飲むときには、絹がいつも「安がくると手がかかってしようがねえ」とこぼしながら、それでもどこか嬉しそうに飯を炊いていた。

柔らかくなるまで煮られた大根を箸で割るとじゅっと汁が染みでる。口のなかで最初の熱さをこらえると、大根の苦味が混じった鰹出汁《かつおだし》の旨味がひろがる。

常吉は今朝がた、八丁堀の石塚の屋敷に出向き備中屋の件を報告してきたところだ。

「娘が男に変じたという話、あれは真実《まこと》でございます」

「そうかい」

石塚の返答はごくあっさりとしていた。

「奇天烈《きてれつ》な話もあるものだなあ……まあ、そんなおかしなことがあった後だ。備中屋には気をつけなけりゃいけねえなあ」

独り言のようでもあり、また「このさきも備中屋に災いがふりかからぬよう気をつけてやれ」という指示のようでもある。

常吉は「へえっ」と頭を下げた。石塚は事情を見通しだったのかもしれない。

備中屋は、竹本隼人正から娘の松を大奥へ娘を奉公にだすよう強いられた。

好色な公方さまのために、美しい娘がいると聞くや大奥に奉公にあげさせる例がそこらで起こっている。

大奥への奉公は通常であれば何年かの年期があければ親元に戻れるものだが、隼人正などは公方さまのお気にいる娘の世話をすれば立身出世につながるとふんでの所業だ。大奥に奉公にあがれば御年寄の峰山が公方さまのお手がつくよう段取りをするのだろう。

ゆくゆくは番頭の照蔵を婿《むこ》にしてあとを継がせようという心づもりをしていた備中屋は覚悟を決めた。

松が一夜で男に変じてしまったと言いたてたのだ。

備中屋は町内でも慈悲深く人望が厚い。町内の人たちはうすうすは事情を知りながら、備中屋の嘘を真実《まこと》と信じたふりをする。

照蔵には暇《いとま》を出した体にして娘が変じた男、松之助とした。娘は葛西《かさい》の在のものという触れこみで向島の寮に隠した。

峰山と隼人正が疑い深かったところが備中屋には幸いした。大奥重鎮の検分を経て、晴れて松と照蔵は夫婦になれる。

石塚は独り言のように呟いた。

「これから、こんな奇天烈な話が増えるかもしれねえなあ……」

常吉は念のため向島を縄張りとする牛嶋の安に、備中屋の寮に気をつけるよう頼もうと思いついた。思ったとおり、安は詳しい事情は訊ねもせずに常吉の頼みを請け負ってくれた。

「ところでおめえ、石塚の旦那ン所《とこ》で目明かし連中におかしなことを聞いて回ったそうじゃあねえか」

熱燗の酔いで目を少し濁らせた安が、常吉に酒臭い息を吹きかけた。

「鐵に情婦《おんな》がいたかなんぞ……この大馬鹿めが……」

常吉はただ首をすくめているよりほかはない。

「お絹サンがいながら鐵の野郎がそんな……全体《ぜんてえ》おめえは、鐵のこたァ、何にもわかっちゃいねえンだ……なぁんにも、な……」

酔いが回ったのか、安は急に勢いをなくした。ただ口を尖らせぶつぶつと小言らしい言葉を呟いている。

（牛嶋の小父《おじ》さんも、すっかり年齢《とし》が寄っちまったなあ……）

常吉は三つ目の大根に箸を入れる。大根は染みた出汁の細かい泡をたてながらすぐにふたつに割れた。

第四章　木蓮寺

一

花も終わりに近づいた。顔にあたる風もやや湿り気を帯びはじめる。

土間で美代が朝餉の茶碗などを洗いながらぼやいている。

「はっきりしないお天道《てんと》さんで厭になっちまう。洗濯ものが乾かなくって困るわ」

「午《ひる》くらいまでは保《も》つだろうから、早めに干しちまって様子をみて取りこむことだねえ」

絹の言葉に美代は「あいあい」と元気に答える。

常吉は美代には何度も言っている。

「全体《ぜんてえ》、おめえはうちに嫁にきたわけじゃねえんだから……」

「そんなことわかってるわよお。でも常ちゃんのおっ母さんも承知だし」

「うちのお袋ァ、ああいう人《しと》だが……第一《でえいち》おめえの家《とこ》でも気をもむだろう」

「お父ッつあんも『お絹さんが承知なら』って。『なんならそのまままもらってもらえ』

と笑ってるわ」

美代の家は青物を売る八百屋だ。美代の父は顔だちからして暢気《のんき》な人だ。店が早じまいしたときなどには、大黒亭の客席で大口をあけて笑っている姿をよく見かける。

（あの親爺さんじゃ、それくらいは言いかねねえ……）

あまり小言めいた口を叩くと、美代はふくれて「もういいッ」とそっぽを向き、当分は口もきかなくなる。

（こいつぁ、ひと雨くるかも……）

常吉は掘留町の春のところをのぞいてこようという心づもりだ。

きのうは赤城神社裏の岩井作次郎の屋敷を見張っている万作から知らせがはいった。

「このところ怪しい奴らがようさん屋敷に出入りしておます。あの、なんや立派な身なりの親玉と、連れの丸腰の侍みたいな男も一緒に屋敷に入りましたが……」

万作はここでさも秘密めかして声を落とす。

「ふたりともそれっきり、屋敷から出てきまへン……へえ、もう三日も……」

万作は続けた。

「また親分が言ってはったように金銀でっしゃろうなァ……手押しの車に積まれた四角い包みも入っていきましてン」

「ふうん……」

金銀をひそかに売りさばく抜け荷の一味だろうか。近隣では立派な殿さまと評判の岩井作次郎だが、とんだ裏の顔があったものだ。

万作によれば、そろそろことは佳境にはいっているようだ。近いうちに大きな動きがあるに違いない。

岩井屋敷にかかりきりになると、しばらく春のところにも顔を出せない。

駒蔵や浪人ものたちより先に、春の死んだ亭主の太助がのこしたものを探し当てねばならない。捜し物があるうちは敵が春に危害を加える気遣いはないが、常吉とすれば心が急《せ》く。

（雨は厭だが、やっぱり堀留町に顔を出してみるか……）

常吉は神楽坂から日本橋にむかった。


美代が心配していた雨だったが、日本橋に近づくころにぽつりぽつりと落ちてきた。

春の長屋の近く、椙森《すぎのもり》神社のあたりで雨粒は大きくなってきた。

花の時候が過ぎたので、落ちてくる雨粒は生温かい。ただまもなく梅雨にはいるにしては妙に冷える。

（うぅ、寒みい……こいつぁ風邪をひいちまう）

常吉は足を早め、春の住む長屋に向かう。用水桶を曲がったところで、激しい女の声が聞こえた。

「久《きゅう》、久、しっかりおしよ……誰か……誰か……」

二

常吉は春の家に飛びこんだ。

入ってすぐの土間に両腕に久を抱いた春がうずくまっている。

「久よぉ、どうしただ、しっかりするだよ」

春は久を揺すりながら大声で呼びかけている。

揺すられるままに小さな頭をがくがくとさせている久は、目を半開きにして気を失っている。薄く開いた口の端からは泡の混じった涎《よだれ》がたれている。ときおりぴくっ、ぴくっと身体を小さく引きつらせている。

ただごとではない。

春の大声に、同じ長屋の住人たちが集まってきた。戸口から首を突っこんで中の様子を窺《うかが》っている。

常吉は叫んだ。

「医者を……誰か医者を呼んできてくれ」

住民たちは互いに顔を見合わせた。

「医者ったら、誰がいいのかい」

「浮世小路《うきよこみち》に鴨地玄庵《かもじげんあん》先生っちゅう、偉い先生がいるときいたがなあ」

「浮世小路か……そいつぁ遠すぎやしねえかい」

「薬料もしこたまかかるみてえだし」

焦《じ》れた常吉は重ねて怒鳴《どな》った。

「金はおいらがもつから、早ええとこ医者を連れてきツくれッ」

常吉の言葉に弾かれたかのように誰かが駆けだした。

久は相変わらず泡を吹いている。胸をはだけさせたままの着物はぐっしょり濡れている。かたわらには火の熾《おこ》った七輪が置かれている。

「久は雨に降られて帰ってきたで、着物を乾かすように言っただよ……着物を着たまま、炙《あぶ》っていたら急に倒れて……こんなふうに……」

まもなく近所のものに手をひかれて医者がやってきた。白毛《しらげ》交じりの髪を後ろで括った老人だ。よちよちと歩く姿はどことなく頼りない。

近所の誰かが声をあげた。

「藪井竹庵《やぶいちくあん》先生じゃないか……もっとらしい医者《の》はいなかったのかい」

「一番《いっち》近けえ医者っつったら藪井先生なんだからサ」

悪口にもかかわらず当の藪井竹庵は平気な顔で落ち着き払っている。

ゆっくりと腰をかがめると春に抱かれたままの久の顔をじっと眺める。枯れ木の枝のような腕を伸ばし、半眼になった久の瞼《まぶた》を捲《めく》りあげる。久の口元に鼻先を近づけ、口や涎の匂いを確かめる。

ひととおり久を診ると竹庵は春に訊ねた。

「お前は母親か……この子は倒れる前になにか口にしはせなんだか」

「いいや、何《な》あんにも食べたり飲んだりはしてねえだよ」

「そうか……じゃまず、着物がずぶ濡れだ。脱がせて身体を拭《ふ》いてやってな……上にあげて布団に寝かせてあげなさい」

貧相な見かけや近所のものたちからのさんざんな言われようにもかかわらず、久の様子をひととおり診た竹庵は落ち着いた口調で指図する。

春は久が着ていた着物を脱がせると手拭いで久の身体を拭く。常吉は春から久の着物を受け取った。

急な雨に降られたのだろう、着物は水気でずっしりと重たい。久は倒れる直前まで着たままで七輪で着物を乾かしていたというからところどころ生温かい。

（おんや……）

常吉は着物の袂《たもと》を確かめた。久にしてはずいぶん袂が大きい。丈は短く切ってあるが肩身も広すぎるようだ。

常吉は着物を広げてみた。左右の袖口や襟元に汚れがある。黒い泥のようだ。たまたまついた汚れではない。糊《のり》のようなものをへらで塗りつけたようだ。

（なんでえ、こりゃ……）

着物を調べている常吉に竹庵が声をかける。

「それ若いの、この子を寝かしてやらにゃならん。手伝《てつど》うてやってくれ」

常吉は春から久の身体を受け取る。久はまだぐったりしたままだ。

常吉は竹庵に小声で訊ねた。

「先生、久は……この子は助かるンでしょうねえ」

「わからん」

竹庵は即座に答えた。

「診たところでは、なにかに中《あた》ったようじゃ……毒に中ったものは毒を吐かせるよりほか手はないが口にしたものはないという……となると、見守るしかないのじゃよ。ただ……」

竹庵は常吉に顔をむけ続けた。

「身体の引きつけは収まってきておる……瞳孔《どうこう》も開いてはおらぬで、の……」

乾いた着物を着せられた久は、春が敷いた薄い布団に寝かされている。

春は布団のかたわらから、「久や、久よぉ……」と呼びかけながら子の手をさすりつづけている。

雨はひとしきり大きな音をたてて屋根を打つと、嘘のように突然に止んだ。

三

「おっ母あ、腹がへった」

「そうかね、じゃ重湯ゥこしらえてやる。待ってるずら」

「おいらは重湯なんざいやだ」

「そんなこと言うじゃねえ。さっき吐いたとこじゃねえか。こういうときは、少し腹を干しとくもんずら」

竹庵の見たてどおり、久は小半時（一時間ほど）すると二度ほど吐瀉《としゃ》し、あとはすっきりとした顔で起き上がった。

竹庵は帰りしなに常吉を呼び寄せ小声で告げた。

「もう大事はないはずじゃが……あの子はどうみても毒物に中ったもののようじゃが、心当たりがないとは面妖《めんよう》な話じゃ……お前さんはお上《かみ》の御用の方《かた》かな。よっく調べたほうがよいかも知れぬぞ……」

久が落ち着いてほっとしたのか、気丈な春も久の枕元に座りこんだまま気の抜けた顔をしている。

常吉は久が着ていた着物を春に示した。

「こいつぁ、ご亭主の太助さんの着物だねえ」

「へえ……宿六の形見で……久に着せるものもねえもんだから仕立て直して着せてただよ」

「ここンとこ……袖口や襟元になにかが塗りつけてあるみてえだが、こりゃなんだい」

「ああ、それはなんだか知らねえ」

春はまだぼんやりとした顔つきのまま続ける。

「でも宿六が『この着物についたものは洗濯なんぞして落としちゃいけねえ。きっとだぞ』と言ってたずら……」

「ふうん……そりゃいつ頃の話だい」

「真っ青な顔をして震えながら帰ってきた日ずら……なんでも下谷の寺に行ってきたとかいう日で……」

「木蓮寺……」

常吉の頭の奥で火花が散った。竹本隼人正と峰山が駕籠を並べて入っていった寺だ。気味の悪いすたすた坊主を見かけた寺でもある。

常吉は春に告げた。

「久坊のこの着物、ちょいと借しといッくんな」

四

長雨の時季になると大黒亭も客足が鈍る。

万作は岩井作次郎の屋敷の見張りを続けているから大黒亭の切り盛りは蝶が一手に

引き受けている。

「親分、申し訳ありません」

蝶はまるで客の不入りの咎《とが》を背負っているかのように常吉に詫びる。

「わたしもすぐに高座にあがらなけりゃいけなくて……お湯《ぶ》も出せずに、鈍《どん》なこってお恥ずかしゅうございます」

「なあに、ちょいと楽屋の隅を借りるよ。政五郎と話があるのだ」

ではご免なすって、という言葉を残して蝶は三味線を手に高座にあがっていく。

「いよッ、待ってました」

「いい女ッ」

こんな雨のなかでも蝶を目当てにやってきた客から声がかかる。

ペンペンと調子を合わせる三味線の糸の音は湿り気のせいか、いくぶん重い。長雨の昼下がりのけだるい気分に似つかわしい。

「で、両替屋についてなにかわかったのかい」

水をむけた常吉に、政五郎はうなずいた。普段にもまして引き締まった顔つきからすると、なにか大きな話がわかったのだろう。

「駒蔵が手足になっているところをみると、日本橋界隈に関わりのある野郎に違えねえ。あたりをずいぶん聞き回りましたが、両替屋源右衛門などという名で店を構えているあきんどはおりやせん」

「やはり水野さまが仰《おお》せの長崎のあきんどか」

「へえ。あっしもそう睨んで、馬喰町《ばくろちょう》あたりの宿屋も調べましたがらしい野郎が足を停めている様子もなし……ところが辻駕籠の立て場で、両替屋を乗せたという駕籠舁きを見つけやした……しかも両替屋は女と二人連れだったという話ですが……」

　政五郎は息を吐《つ》き続ける。

「えらく背の高《たけ》え女で、駕籠に乗るにも首を前に倒していなけりゃならなかった、と……頰《ほ》っかむりをしていたんで顔はわからなかったそうでやす」

「駕籠はどこまで乗ったのだ」

「日本橋の掘り割りで。ふたりとも降りると着けてあった舟に乗りこんで、そのままスゥッと……」

　高座から蝶の唄が聞こえてくる。

〽雨でもいとわぬ土手八丁
　とは申せども両の脚《あ》しャァ　泥にまみれて難儀でござる

ツイッ、と吉原《なか》までひと滑り
猪牙舟《ちょき》でもあればのぉ……

「あたりを聞き回ったところ、また面白れぇ話も聞きました……両替屋が連れて歩いている背の高い女、いつも頬っかむりをしていて顔を見たものはありやせんが、手拭いの隙から見えた髪は、ぴかぴかしているそうで……」

常吉は驚いて声をあげた。

「ぴかぴかしているだとぉ……」

常吉は政五郎に告げた。

「面白れえ、おいらも見てみてえや、ぴかぴかしている女」

常吉は政五郎に案内され日本橋にむかった。鐵が斬られた小舟町や春の住む長屋のある堀留町といった町の名が示すとおり、日本橋界隈には縦横に堀り割りがとおっている。

常吉が生まれ育った神楽坂のような高台とはちがい、往来も少しの雨ですぐにどろどろになる。常吉は幾度となくこのところの雨のためのぬかるみに足をとられた。

「悪目立ちするといけねえから、裏道をたどって参《め》えりますんで……」

政五郎が先に立って大きな蔵が立ち並ぶ隙間のような路地を抜けていく。路地にたちこめる悪臭は葛西あたりへ運ぶ下肥の樽舟からだろう。

両側に蔵の壁だから空もわずかに細長くしか見えない。雨模様で陽も射さぬから、どちらが西やら東やら、方角もわからぬ。

「こちらでごぜえます」

「ほうっ」

常吉は声をあげたが無理もない。路地を抜けた先が小さな河岸《かし》になっていた。煙る雨空なので遠くまでは見とおせぬが、河岸は大川につながっているようだ。晴れていれば海まで望めるのかもしれない。

河岸には屋形船が一艘、繋がれている。

政五郎は目で合図をした。

「あれでごぜえやす」

「野郎どもはいるのか」

「舟は揺れてはおりませんから、誰も乗っちゃいねえでしょう……しばらく張ってみますか……」

常吉と政五郎は河岸の舟屋に立てかけてある大きな桶の蔭にしゃがみこんだ。

この雨のなかでは舟の出入りはない。舟屋の板庇《いたびさし》を雨が打つぼたぼたという重たげな音がもの憂《う》い。これで暖かければ眠気をもよおすところだろうが、雨あがりで冷えた空では居眠りとはいかない。

桶の蔭にうずくまっていると膝や腰がじんじんと凝ってくる。

(こんなふうにじっとしていなくちゃならねえとは、目明かしも楽な稼業ではねえなあ……)

政五郎が低い声で常吉に告げた。

「駕籠がきやした」

辻駕籠が二丁、前後ろになって舟の前に停まった。まず前の駕籠からは黒羽織姿のでっぷりと太った男が降りた。両替屋源右衛門だ。

ついで後ろの駕籠から女がひとり降りた。

(なるほど……こりゃ、でけえ……)

黒地に藤色の裏地の羽織を着た女だ。駕籠舁きより、ゆうに頭ひとつ分は背丈が高い。回向院《えこういん》の勧進でみる相撲取り並みだ。

女は羽織の裏地と同じ藤色の布で頭を包んでいるから顔はわからない。

両替屋が女に寄っていきなにか話をしている。

常吉が隠れているところからはなにを話しているかはわからぬ。常吉は両替屋の口元に目をこらしたがわからない。

（なにやら口を奇妙に動かしていやがる……ありゃ、どこの在の言葉なのか……）

両替屋がなにか可笑しいことを言ったらしく、女は顔を少し持ちあげて笑った。背の高さには圧倒されるが、わずかに揺れる肩から背にかけては艶めかしい。

両替屋は女をいざなって舟に乗りこむ。

女は藤色の頰かむりを取ると、ぶるんと大きく頭を揺すった。

おっ、と常吉だけではなく政五郎も小さく叫んだ。

頭を包んでいた布のしたからは、豊かに波打つ金色の髪が惜しげもなくあふれ出ている。

（異人の金色の髪……なるほど、ぴかぴかしてやがる……）

女の顔は牛の乳のように白い。目の色は雨あがりの空のような青。四角ばった顎の持ち主だが、婀娜《あだ》な目つきが色香を放っている。

「いい女だ……目が三白眼になっているところがたまらねえじゃございませんか……

……」

聞き覚えのない声がする。

いつの間にか、男がひとり、常吉たちと一緒になって女を眺めている。

(ん……この野郎、いつぞやの……)

以前に茶店で出会った洒落者らしい男だ。万作によれば岩井作次郎の屋敷に集まっている怪しい連中の親玉らしい。

「あいつにあの女を描《か》かせてえもんだ……あの髪がきらきら光る大首絵にして」

男は常吉に話しかけているという気はないらしい。ただただ取り憑かれたように呟き続けている。

男は常吉たちに気がつくと、照れ隠しをするかのように微笑んだ。

「つい我を忘れちまって、お恥ずかしいところをお目にかけました」

「お前《めえ》さんとは以前に会ったなあ……赤城神社の境内の茶店で岩井作次郎さまのお屋敷を訊ねていなすった」

「あの時の親分さんで……お見それしまして、重ね重ね申し訳ございません……手前、浅草馬道《あさくさうまみち》で本屋渡世《とせい》をしております、蔦屋重三郎《つたやじゆうざぶろう》と申します」

「ふうん……その本屋の蔦重さんが、今も岩井さまのお屋敷に出入りしているそうじゃねえか。いったいなんの用があるんでえ」

蔦重の目が光った。みるみる目に凄味が増してくる。

「そいつぁ親分さんにも、申し上げられませんで」

常吉は万作から聞いた言葉を思い出した。ここは蔦重にぶつけ、ぶつけてみる手だ。

「なんでも、きらきら光るものにかかわる話みてえじゃねえか」

「なんとおっしゃいました」

蔦重は常吉に身体をむけ、凄味のある目をまともにぶつけた。

ただのあきんどの目ではない。なにかのために命をかけたものの、切迫した目だ。

蔦重は低い声で常吉に告げた。

「どうかむやみな話をご吹聴《ふいちょう》なさらぬように……もしものときには、手前にも覚悟がございます」

こいつは本気でおいらを刺しにきやがる……と常吉は確信した。いよいよ岩井屋敷からは目が離せぬ。

脇から政五郎が、舟を顎で示しながら蔦重に声をかけた。

「お前さんはこの女を知っているのかい」

蔦重の目の光が和らいだ。柔和で人をそらさぬ洒落者の顔つきに戻っている。

「江戸中の珍しいものや珍しいことはなんでも手前の耳に入って参ります……日本橋

本銀町の備中屋の話などはたいそう面白うございましたな」

常吉が取り計らった一件だと知って口にしたのかどうかはわからない。ただ蔦重はますます油断のならぬ男とはっきりした。

今度は蔦重が訊ねる。

「親分さんもまたばばたびあのへへるだを見物においでなすったんでございますか」

「ばたびあのへるだぁ……」

蔦重は常吉にかまわず続ける。

「長崎に出入りしている阿蘭陀《おらんだ》の国元がどうも怪しくなっており、お上はひそかに、阿蘭陀人を江戸に呼び寄せております。一行に混じって江戸に潜りこんだ女がばたびあのへるだで……なかなかすごい女だそうでございますよ」

「すごいたぁ、どうすごいんでぇ」

蔦重は穏やかな笑いを浮かべ常吉に答えた。

「さあ、そこはお調べになってくださいまし……親分……」

五

水野若狭守、通称要人《かなめ》との連絡は大黒亭をつかう。常吉が要人に「お話ししたいことがごぜえます」と申し出たところ、すぐにお呼び出しがあった。

護国寺門前の料理屋にくるようにという話だ。

音羽の護国寺は常憲院《じょうけんいん》（五代将軍徳川綱吉《つなよし》）さまの母堂、桂昌院《けいしょういん》さまの発願《ほつがん》で建てられた大寺だ。門前は江戸の町の人々も近場の遊山の場として賑わっている。

『水ノ江《みずのえ》』は繁華な護国寺門前から少し奥まったところにある料理屋だ。

腰ほどの高さの枝折り戸の先には飛び石が続いている。両側からは新緑を先取りしたかのような青葉が垂れている。さりげないが、庭にはずいぶん手がかかっているようだ。

（こりゃ植木屋の手間賃だけでもけっこうなものだ……）

お武家さまからの呼びたてだから常吉は例の羽織を着てはいるが、（こりゃ、おいらなんざ、裏の勝手口から入《へ》えったほうが似合いだ）と思う。

常吉は飛び石を伝っていった先の入り口に立った。なかは昼なのに薄暗い。どこで焚いているのか、香のよい匂いがする。常吉はますます気後《きおく》れしていく。

「ええっ、と……ごめんなすっておくんなせえ」

思い切って声を張りあげると奥から「はい」と女の声が応じた。涼やかな声だ。

まもなくさやさやという衣擦《きぬず》れの音とともに、女が姿をあらわした。

娘、年増《としま》を通りこした姥桜《うばざくら》という年格好の女のなかで、常吉は義母の絹より美しいひとは知らない。

(しかしこの人《しと》ぁ、おっ母さんよか綺麗だ……)

女は『水ノ江』の女将《おかみ》らしい。常吉に微笑みながら告げた。

「神楽坂の常吉親分でございますね。御前がお待ちでございます……どうぞ」

もとは深川《たつみ》芸者だった絹は鉄火なもの言いだが、女将のおっとりとした声や口調はまた格別だ。

「へ……へえ……ごめんなすって……」

こんな場所での振る舞いや作法の心得など常吉にはない。常吉は手刀《てがたな》を切って草履を脱いだ。脱いだ草履は入り口の脇に控えていた下足番の爺さんがさっと預かる。

女将は鶯《うぐいす》色の着物に鬱金《うこん》の帯。常吉は薄暗い廊下を女将を見失わないようついていく。磨きあげられた廊下はつるつると滑るようだ。

小さな枝折り戸を構えただけの料理屋だが、なかはずいぶん広いようだ。客同士が行き会わぬよう建て様の工夫がされているらしい。

二度、三度と廊下を曲がると、常吉の前に明るい景色が開けた。

「うわぁ」

常吉は声をあげる。

大きく開け放たれた明るく広い座敷だ。座敷の行き詰まりには欄干が渡されている。欄干の向こうの木々の緑からこぼれる光が座敷を満たしている。

さらさらという音が聞こえる。眼下に江戸川の流れをしたがえた座敷だ。

欄干に腰掛けて外を眺めている男に女将が声をかけた。

「御前、常吉親分がお越しです」

「おう。常吉であるか。大儀であった。入れ」

要人は目の細かな縞ものに茶の羽織を着ている。料理屋に足を運ぶとあって、平素よりくつろいだ衣装《なり》なのだろうと常吉は見当をつけた。

「女将……常吉とちと話をする。呼ぶまで誰も来ぬように、な」

「はい」

女将は頭を下げた。

水野要人は千二百石の旗本だ。暮らしむきに不足があろうはずはないが、このような料理屋でいい顔ができるようになるまでにはかなり金がかかる。要人が拝命していた長崎奉行は異国との交易を差配するお役目だ。なにかと余禄《よろく》も多いときく。

（水野さまはあの厳しい松平越中守さまも認めた真面目なお方というが、そこはそこでうまくやっておられたのだろうなぁ……）

そりゃおめえ、そこはそこサ、という鐵の声が常吉の耳の底で響いた。

六

常吉は春のところでおきた一部始終を要人に話した。

「さすれば当家の用人、立岩が出入りしておったは、平賀式部少輔のもとであったか」

常吉の話をひととおりきいた要人は、大きく嘆息した。

「しかも両替屋源右衛門が江戸に出てきておったとは……」

「水野さまにはもっと早くお知らせするべきでごぜえましたが、こう言っちゃなんだが、水野さまがどんなお人かもわからねえうちは、と思いやして……」

「いや、それはかまわぬ。そうでなくてはならぬ……しかし立岩と両替屋の背後に式部少輔が控えておったとは……」

要人は少し口惜しそうに唇の端をゆがめた。

長崎奉行だった要人は、立岩と両替屋がしでかした広東人参の抜け荷の責めをうけ罷免された。

要人と入れ替わるように長崎奉行を拝命した男が平賀式部少輔だ。

長崎奉行は二名いる。要人の相役だった永井伊織《ながいいおり》も廉直《れんちょく》な立派な武士だったが在職中に死去。式部少輔の妻は伊織の娘だから、義父の御役目を継承した形になる。

年齢は三六歳。平賀家は四百石の微禄の旗本だが、浚明院《しゅんめいいん》（徳川十代将軍家治《いえはる》）さまの代からそば近くにつかえ、今の公方さまからも大いに重用されている。

要人はうめく。

「両替屋と立岩が平賀と通じておったのか……わしとしたことが、ぬかったわ……」

要人が責めを負った抜け荷の一件も、平賀が後任の長崎奉行に収まるために仕掛けたのだろう、と要人は常吉に告げた。

「公儀の大きな奸物じゃよ……平賀式部少輔という男……」

「そんなに悪りい野郎なら、さっさと退治しちまえばいいじゃありませんか。お上にもののわかったお方はまだおいでででしょう」

常吉の言葉に、要人はまたうめく。

「若年寄脇坂淡路守《わきさかあわじのかみ》さまにはすぐにご注進いたすが、な……平賀相手に、なかなか……」と要人は言いよどむ。

「なにしろ、平賀には上《うえ》さまがついておられるのじゃ」

当代の公方さまは今年二三歳とお若い。老中以下、まだまだ毅然として御政道に目を光らせている歴々はいるものの若さゆえに遊惰《ゆうだ》に流れる公方さまに面とむかって意見を申しあげるものがいない。大奥御広敷用人の竹本隼人正のように美しい女を血眼になって探して公方さまに献上しようという輩や、平賀式部少輔のように公方さまのおそば近くで威をかりるものもでてくる。

「大奥の隼人正あたりも、おそらく平賀の息がかかっておるのであろうの」と要人は嘆息した。

欄干の先から江戸川の流れが聞こえてくる。川もこのところの雨を集めて水かさを増しているが、川岸の新緑をとおって座敷にとどく川音は力強いが同時に柔らかい。気の重くなる話が続くが、常吉は心が慰められる心地がした。

両替屋に付きしたがっている藤川縫之助は鐵や太助を斬った仇だ。藤川は太助がなにやら悪事の証拠を握っているとみて探っている。

両替屋が要人と因縁浅からぬとわかったからには、あらいざらい話したほうがよい。

常吉は要人に、春の息子の久が突然倒れた騒ぎの一部始終を告げた。

目をつむったまま黙って常吉の話を聞いていた要人は口を開いた。

「さすれば、そなたの父の朋輩であった太助が着物の裏に塗りつけておったものが炙《あぶ》られて……」

「へえ。あっしはそういう見たてでごぜえやす……抜け荷の手伝いをしていた太助ですが、なにかを見て真っ青な顔で帰《け》えってきたそうで。そのときに見たなにかに関わるものを隠しもって、あとから訴えて出ようとしたに違いねえ、と……」

「ふうむ……で、塗りつけていたものとはなんであるか」

要人に訊ねられて常吉は答えた。

「あっしの弟が、少《ち》いとばかし学問ができやす。なんでも阿蘭陀の名高い医者が江戸にきているそうで、その医者に訊ねさせたんでごぜえますよ」

多吉郎は息を弾ませて帰ってきた。

「兄さま、また大変なものを持って帰られたものでございますね」

多吉郎は興奮のために頬を赤くしている。

「おう多吉郎、わかったかい」

「はい」

多吉郎は厳粛な面もちでうなずく。心を鎮めようとしてか、ゆっくりとした口調で常吉に答えた。

「ぱぱうええる、そむにふえええるむ……草の芥子坊主《けしぼうず》の汁を乾かしたもののことで……本朝では阿芙蓉《あふよう》、またの名を阿片《あへん》と申す薬物でございます」

阿片を水煙管《みずぎせる》で吸引する遊びは唐《から》の国、清朝で大いに流行《はや》っているという。阿片の煙を吸うと陶然とした心もちになる。阿片の怖ろしさは、陶酔をいったん知るとやめられなくなるところにある。日がな薄暗いなかに閉じこもり、阿片の煙を吸い続ける。身体は痩せ細り心も狂いやがて死にいたるという。

常吉は要人に多吉郎の話を伝えた。

「英吉利《いぎりす》などは天竺《てんじく》（インド）で大量に製造させた阿片を清国で売りさばいて巨利《きょり》を貪《むさぼ》っておるとの話でござぇやす。阿蘭陀の医師は弟に『阿片はおそろしいものである。決して、日の本に入れさせてはならぬ』と繰り返し念を押したそうで……」

要人はようやく口を開き常吉に訊ねる。

「その阿蘭陀の医師は、名をなんと申すものかの」

「たしか、よはねす、けんぺるとかいう……」

「けんぺるであるか……存じておる」

要人は組んでいた腕を解いて続けた。

「けんぺるは立派な医師である。かれのいうことであれば信じてよかろう……常吉……これは日の本の一大事じゃ」

常吉は気を引き締めて要人の言葉に聞き入る。

「阿片なるものが入ってくるとすれば、長崎よりほかはあるまい。抜け荷の手伝いをするもの、といえば……」

要人はにんまりとした笑みをこぼした。

「余が閉門の憂き目をみるに至った原因をつくった用人の立石宗次郎……あきんどと結託し人参の抜け荷を差配して小金をせしめていた馬鹿者であるが、まだ屋敷で使っておる……余は彼奴の動きを注視し、怪しき節があればすぐにそなたに知らせるゆえ、頼むぞ」

「へえ」

「阿片とは長崎にて耳にしたことがある。吸引すれば目もくらみ心も乱れ、やがては片時も手放せなくなるおそろしきものだという……まさに国を傾ける品じゃ……清国にむけてはばたびあ（インドネシア・ジャカルタ）から荷が積みだされるそうじゃ」

ばたびあという土地の名が出てきた。常吉は要人に先日の河岸の話をする。

「両替屋が連れていた女、背が相撲取りより高く髪が金色の異国の女でごぜえますが、ばたびあのへるだという名だそうで……」

「なにッ、ばたびあのへるだとな……」

要人は目を大きく見開き、身体を前にのめりださせた。茫洋《ぼうよう》としてつかみどころのない殿さまの要人にしては珍しい。

「ばたびあのへるだ……長崎でずいぶんと名を聞いたぞ……ばたびあの悪党どもの頭目の阿蘭陀人女……わが日の本への抜け荷も取り仕切るほか、清国への阿片の荷出しも引きうけているという女傑じゃ……」

要人は腕組みをし、目を閉じた。

「両替屋がばたびあのへるだと手を組んでいるとは……これは天下を揺るがす大事じゃ……常吉、心してかかれ……」

要人なりの思いがまとまったようだ。

要人は組んでいた腕を解き目を開ける。常吉が見慣れた穏やかな要人の顔がもどった。

要人は満足げにうなずいた。

「よし。これで憂《うれ》いの芽は摘《つ》んだ……これ女将、女将はおるか」

要人は手を打って女将を呼ぶと酒肴《しゅこう》を命じた。すべては解決したと独り決めしているようですこぶる上機嫌だ。

（殿さまというなァ、お気楽なもんだなあ……これからだ、っていうのに……）

常吉はあきれたが、一方でいかにも楽しそうな要人の顔つきや振る舞いはみているだけで心地よくなってくる。

運ばれてきた酒肴を前に、要人はあらためて常吉に告げた。

「そなたも本日は足労であった。以後もたのむぞ……」

「へえ」

女将が要人の隣に侍《はべ》り、酌をする。常吉の目にはただ酌をするにしては女将のすわるところは要人に近すぎるような気がする。女将の腰と要人の腿がくっつかんばかりだ。

「さ、親分もおひとつ」

女将が銚子を常吉にむけ酌をしようとしてくれる。

常吉は「いえ……あっしは手酌でやったほうが勝手でござんすから……」と断り、小さな杯に手ずから酒を汲んだ。

(これで女将に酌でもされた日には、こちとらもあてられちまう)

要人は小皿にのった飴色の小魚を箸でつまみ上げ、頭から囓《かじ》る。

「ふほほほ……甘味《あまみ》が利いておるわ。いつもながらよい味付けじゃ……」

鮒《ふな》の甘露煮だ。常吉も要人にならって頭から半分ほどを食いちぎった。濃厚な甘味の底から鮒の苦味が湧いてくる。

(こいつぁ旨え……酒にも飯にもあう肴《さかな》だ……しかし、なあ……)

川風と新緑が楽しめる居心地のよい座敷のはずだが常吉の尻は落ち着かない。

常吉の目の前で、女将が酒と料理を楽しんでいる要人を見守っている。

(水野要人さまぁ、もてる殿さまだなぁ)

七

おそらく木蓮寺が阿片取引の場となっているのだろう。また阿片摂取の巣窟《そうくつ》にもなっているのではないか。

木蓮寺に峰山や竹本隼人正が出入りしているということは、阿片は公方さまの身近でもはびこりかけているとみなければならない。

いったい太助は木蓮寺でなにを見たのだろうか。

（公方さまのきんたまたぁ、ふざけたことを……）

護国寺の『水ノ江』から戻ってから常吉は落ち着かない。

江戸では相変わらず生温かい雨が落ちてくる日が続く。

大黒亭から万作の女房の蝶が知らせをもってやってきた日も、重たい雨だった。

水野要人の屋敷から使いがきたという。

「用人の立岩宗次郎が他出《たしゅつ》の届けをだしたそうにございます。行く先は下谷、と」

中間など下働きのものは別だが、武家屋敷に奉公して主君から禄《ろく》を受ける臣下は外泊をするときにはかならず届けなければならない。仕えるものが不始末をしでかしたりすれば主君にまで累《るい》が及びかねない。したがってどこでも家中《かちゅう》のものの動向や振舞いにはやかましい。

蝶からの知らせを聞いた常吉は、一緒に聞いていた政五郎にむけて呟いた。

「さあて……どうしたものかなあ……」

「なにはともあれ、木蓮寺に行ってみずばなりますまい」

ただ相手は寺社奉行支配下の寺方だ。怪しいからというだけで無闇に踏み込むわけにはいかない。

常吉にもとかくの思案があるわけではないが、まずは木蓮寺に行ってみなくてはならぬと思う心は政五郎と同じだ。常吉は曖昧《あいまい》な気持ちを抱いたまま政五郎とともに下谷にむかった。

生ぬるく重たい雨が落ちている。蓑《みの》と笠をしっかりと着けてはいるが、雨か汗か、常吉の首筋はじっとりと湿って心地が悪い。

下谷に着き木蓮寺の近くの破《や》れた地蔵堂の軒下でひと息いれた。

蓑と笠を脱いだ政五郎は、「さ、汗をよっく拭いて……身体を濡らしたなりでいると思いのほか疲れるものでござえますから」と常吉をうながした。政五郎は油紙にくるんだ乾いた手拭いを常吉に渡してくれる。行き届いた心遣いだ。

「ここからは蓑笠は邪魔になりやす」

常吉と政五郎は着けてきた蓑と笠を地蔵堂に置き、雨のなかを木蓮寺にむかった。

この天気では往来のものに見とがめられる気遣いはない。

政五郎は先に立ち、木蓮寺の門からぐるりとひと回り、築地《ついじ》に沿って見て回った。

「荒れ寺でよござんした。塀を乗り越えるまでもなく崩れたところから境内に入《へ》えれやす……さ、ここから」

政五郎の先導で常吉は崩れた土塀の隙から木蓮寺の境内に入った。ちょうど墓場になっているところだ。

荒れ放題の墓場だ。倒れたなりになっている石塔や墓石や折れた卒塔婆が常吉たちを迎えているようで少々気味が悪い。

先をゆく政五郎が振りかえった。立てた指を口にあてている。ここからは静かに、という合図だ。

一足ごとに雨でじゅくじゅくとした土を踏みながら進む。目にみえる光景だけでなく足下も気持ち悪い。ところどころで、木から垂れさがった蔓や葉が常吉の頬や首筋を撫でる。思いがけない冷たさに「ひッ」と声をあげるところを抑えながら広い墓場を抜けてゆく。

墓場の入り口の目印になっているかのような楠《くすのき》の大木の向こうに黒い本堂の屋根がみえる。木蓮寺は荒れ寺だが元は立派な寺だったようだ。

常吉と政五郎は本堂の裏手、庫裏《くり》の戸口に身を寄せた。政五郎は戸口にぴったりと耳をつけなかなかの気配をうかがう。なかなか、ただの目明かしのようなふるまいではない。

（政五郎はいったい……）

政五郎は戸口から耳を離し、常吉にささやいた。

「ほとんど無住の寺のようで、人の気配はごぜえやせん」

常吉に告げると政五郎は戸口に手をかけ、ゆっくりと持ちあげた。戸口を外し身体がすり抜けられるだけの隙間をつくるとするりとなかに入り込んだ。

戸口の隙間から政五郎の手がにゅっと伸び常吉を招く。常吉も政五郎に続いて庫裏に入った。

八

庫裏の土間には天井はなく屋根と梁《はり》がむき出しだ。壁の高いところにある明かり取りからも、雨模様のため微かな光しか射してはいない。戸口から庫裏の土間に身体を滑り込ませた常吉も、すぐには目が馴れなかった。

土間では先に入った政五郎が片膝をついてなにかを調べていた。荷を解いたあとらしく筵《むしろ》や荒縄が散らばっている。またなにかをくるんでいたらしい油紙の切れ端も残っている。

政五郎は油紙を手にとり常吉に示した。油紙には黒い泥のようなものが付いている。久の着物の裏に塗りつけられていたものと同じだ。

(これが阿片とかいうものか)

政五郎は無言のまま油紙を折りたたみ懐にいれた。

土間の先は板の間になっている。さらに先は本堂のはずだ。

本堂から腹に響く低い鐘の音が流れてきた。続いてかんかんと、小鐘を撞木《しゆもく》で打つような音が始まる。

「のうまくさばんだぼだなんあびらうんけん……」

勤行《ごんぎよう》でも始まったのだろうか、何人もの僧による低い声が聞こえてくる。経文ではない。呪文のような響きだ。

政五郎は草鞋《わらじ》のまま土間から板の間にあがった。庫裏の物入れになっている引き戸を開け、しばらく中の様子を調べている。

政五郎は合点したとでもいうかのようにうなずくと、振り返り低い声で常吉に告げた。

「親分……ここから天井裏にあがりやす……」

常吉は無言でうなずき返した。どうしようという知恵もないままだから政五郎のいう通りにするよりほかはない。

（だが政の奴、この手際のよさはいったい……）

常吉は神楽坂にくる以前の政五郎を知らない。絹も詳しくは知らぬようだ。荒れ果てているとはいえ寺方に忍びこみ、天井裏にあがろうなどとは、目明かしのやり口ではない。

庫裏の物入れは二段になっている。政五郎は身軽に上の段にあがる。天板ははるか頭上にある。

政五郎は物入れにあった行李《こうり》を踏み台にして天板に手を伸ばす。

カタッという音がして天板の一部が外れた。政五郎は伸ばした両手を天板の穴にかけると、二度三度、重みに耐えるかどうか試すかのように引いてみる。

「ふんッ」

政五郎は小さく気合いを吐くと両手に力をこめ、天板の穴をあがっていった。

すぐに穴からするすると縄が垂れる。

「さっ、親分……縄を伝ってあがってきてくだせえ」

常吉は物入れの上の段によじ登る。縄をたよりに天井裏にあがるなどできるだろうかと思ったが、やってみるよりほかはない。常吉は政五郎が垂らしてくれた縄をつかんだ両手に力をこめる。

二度ほど縄をたぐり足が宙に浮いたところで上からにゅっと腕が伸びた。政五郎が常吉の帯をしっかりとつかむ。

常吉の身体はふわっと浮いたかと思うと、政五郎に持ちあげられ天井裏に渡っている梁に乗せられた。

木蓮寺はかつては大寺《たいじ》として隆盛を極めていたのだろう、常吉と政五郎が乗っている梁はひと抱えに余る太さだ。

政五郎は常吉が無事に天井裏に収まったとみると、「では」と目で合図をした。

常吉はたまらず政五郎に訊ねた。

「政、身軽さといいおいらを引きあげた力といい、並の手際じゃねえ……おめえは一《いっ》体《てえ》……」

政五郎は常吉に言い果てもさせず、一本だけ立てた指を口にあてた。

「しっ……しぃぃぃ……」

本堂のほうからは不気味な呪文が黒い波のように低く押しよせてくる。

「おんころころせんだりまとうぎそわか……」

常吉は政五郎のあとについて、木蓮寺の太い梁を這いながら伝っていった。

九

埃《ほこり》と蜘蛛《くも》の巣に難渋しながら常吉は政五郎のあとについて梁をつたっていく。不気味な呪文の声が近づいていく。どうやら本堂の上にさしかかったようだ。下からはわからないようだが天井板にはところどころ隙間がある。本堂から薄い光が射しこんでいる。

政五郎は梁から身を乗りだし、隙間のひとつに目を当てた。

政五郎は顔をあげると常吉にうなずく。常吉も政五郎にならって隙間から下の様子をうかがった。

本堂に安置されている阿弥陀《あみだ》さまの真上のようだ。阿弥陀さまの螺髪《らほつ》が鈍い輝きを放っている。阿弥陀さまの前には護摩壇《ごまだん》のような祭壇が築かれ火が焚かれている。両脇には幾人もの僧が並び、読経を続けている。

祭壇の前には緋の衣をまとった僧が椅子に腰をかけている。

（あの衣をまとった坊主は……先達《せんだ》ってのおかしな野郎じゃねえか……）

すたすた坊主のように裸同然のなりで寺の周囲を徘徊していた男が、常吉の眼下でいかにも高位の僧らしい緋の衣をまとい儀式を先導している。

本堂の中央には褥《しとね》がもうけられている。褥の数は十を超えている。褥には襦袢《じゅばん》姿の男や女がしどけない姿で半身を横たえている。

最も祭壇に近いところに敷かれた二組の褥には大奥御年寄の峰山と用人の竹本隼人正が横たわっていた。ふたりとも真っ白な襦袢姿で髷を落としている。長い髪が白の襦袢に映え、妖艶《ようえん》な美しさだ。

隼人正が腕を伸ばし傍らの白銅色の容器を手にとった。容器からは二本の細長い首が突きでており、片方からは白い煙が立ちのぼっている。水煙管だ。

隼人正はもう一方の細長い首を咥《くわ》えると、深々と吸い込んだ。さも陶然としたというかのように目をつむっていた隼人正は、口から吸い込んだ煙を吐きだす。

ほかの褥のものたちも思い思いに煙を吸い込んでは吐きだしている。遠いところの褥の様子は薄暗がりでよくは見えぬが、男女が睦み合っているかのように蠢《うごめ》いている。

峰山はすでに隼人正の仕草をうっとりとした目で眺めていたが、同じように水煙管の吸い口を咥えた。

緋の衣をまとっているすたすた坊主は椅子から立ちあがると振り返った。並んだ褥を睥睨《へいげい》するかのように仁王立ちになると、緋の衣をするりと床に落とした。

（うわぁ……）

すヽたヽすヽた坊主の緋の衣の下は、襦袢どころか下帯も着けていない丸裸だ。呪文の声がひときわ高くなる。

「ひっひっひ……」

護摩の煙がいっそう濃くなった。常吉の視界も一面の乳白色になる。不気味な呪文を唱える声が高くなった。

（おッ……おおおお……これは……）

次第に薄くなる護摩の煙を透かして女の裸体が浮かびあがる。裸体は護摩の煙より白い。あたりを睥睨するような堂々とした体躯に腰のうえまである豊かな金色の髪。

ばヽたヽびヽあのへヽるヽだヽ。

「ひゃっひゃっひゃっひゃっひゃっ……」

すヽたヽすヽた坊主は箍《たが》が外れたかのような哄笑《こうしょう》とともにばヽたヽびヽあのへヽるヽだの白い裸体に歩みよる。生《お》え返った陽物を誇示するかのように白い裸体にむけて腰を突きだす。

幾人もの女たちがすヽたヽすヽた坊主に救いを求めるかのようにすがりつこうとする。涎を垂らし口が耳元まで裂けたかのような笑いを浮かべたすヽたヽすヽた坊主は、焦らすかのように女たちの髪を撫で、あるいは足先で腿を撫でる。

怜悧な笑みを浮かべた全裸のばたびあのへるだは、両の手を頭の後ろに回し豊かな金髪をふさっと掻き上げる。すたすた坊主はすがりつく女たちを引きずりながらさらにばたびあのへるだに近づいていく。

ばたびあのへるだもすたすた坊主と同じような怖ろしげな笑みを浮かべると、堪えかねたように両の手ですたすた坊主の首玉にしがみついた。

ばたびあのへるだとすたすた坊主は貪るようにして口を吸いあう。淫靡《いんび》な音まで聞こえてきそうだ。

褥では隼人正にすがりついた峰山が口を吸われるままになっている。胸元がはだけた襦袢からは白い乳房がこぼれ落ちている。

常吉は天井板の隙間から顔をあげた。

（地獄だ……）

抜け荷に加担していた太助も、同じ光景を目にしたのだろう。あまりの凄惨《せいさん》さに怯《おび》え切ったに違いない。

ただ太助にはどこにどう訴えて出たものかの知恵がなかった。鐵も水野要人に訴えようとしたが果たせぬまま斬られて死んだ。

わずかに太助が阿片を着物に塗りつけておいてくれたおかげで、常吉も眼下の光景にたどり着けたのだ。

政五郎が「もう十分でござんしょう。行きやしょう」とでもいうかのように目で合図を送る。

常吉は梁を逆に、地獄絵巻の本堂から庫裏に戻った。

十

雨はまだやまぬ。常吉と政五郎は蓑笠を置いた地蔵堂に早足でむかう。

常吉の耳の奥ではまだ気味の悪い呪文が鳴っている。

おんまやらぎらんでいそわか……

眼下で繰りひろげられた男女の痴態も忘れようとしても忘れられるものではない。

多吉郎は阿蘭陀《おらんだ》の医師の言葉を常吉に伝えていた。

「阿片はおそろしいものである。国を傾ける悪魔だ。決して、日の本に入れさせてはならぬ」

きけば清国での阿片の蔓延はただならぬほどになっているという。阿片にやみつきになったものは身体が重くなり心に異常をきたす。阿片なしではいられなくなる。目は落ちくぼみ痩せこけ、やがて歩行もままならなくなり死に至る。

政五郎も見てきた光景にあてられたかのように黙って歩を進めている。

雨が煙のようになった先に地蔵堂が見える。ようやくひと息つける、と思うや、地蔵堂の裏手からゆらりと編み笠姿の人影が現れた。

（藤川縫之助……）

常吉と政五郎は歩みを停めた。編み笠の男もふたりの前に立ったまま動かない。

縫之助はゆっくりと顎に手をかけ編み笠の紐を解いた。頬が削げ鋭い眼光は変わらぬ。

縫之助は左腰に差した大刀の柄に手をかける。常吉は気圧されて二歩、三歩と後ずさりをした。政五郎は下がらず半身になってぐっと腰をかがめる。得物《えもの》はなにも手にしていないが、縫之助に立ち向かう構えだ。

（政五郎……武術の心得があるのか……）

縫之助は政五郎の様子にせせら笑いを浮かべた。

「拙者に立ち向かおうとするか……おもしろい……」

縫之助は続ける。

「そなたたち、木蓮寺であれを見たのじゃな……」

「見た……見たからなんだというんでぇ」

身動きできないながらも常吉は声を絞り出す。

「てめえが斬ったおいらの親爺や太助も、あれを見たから斬られたってわけか」

縫之助は薄笑いを浮かべて応じる。

「あの目明かしと船頭か……きゃつらは本日そなたたちが見たものより、さらに見てはならぬものを見たのじゃよ」

「なにを見たというんでぇ」

縫之助はさらに面白そうな顔で答える。

「きゃつらがなにを見たか、そなたも聞き知っているはずじゃ」

「鐵がなにを見たかなんて、知るものか……」

言いかけた常吉は、以前にすたすた坊主が口にした言葉を思い出した。

お前たちも公方さまのきんたまを見にきたのか……

今しがた目にした男女の痴態《ちたい》がまざまざとよみがえる。ばたびあのへるだの抱擁する相手はすたすた坊主だけではなかったのだ。

（公方さまが……あの女と交わった……）

常吉は声を絞り出した。

「あの寺に……公方さまもきていなすったのか……それを見ちまったのか」

「そのとおり。公方さまのあられもない姿を目にしたものは生かしてはおけぬ。また、ただ斬り捨てるだけではならぬ、と平賀式部少輔さまが拙者に命ぜられて、の……」

縫之助は続ける。

「武家の棟梁《とうりょう》でもある公方さまのかくしどころを見たものは、死に様も武家らしくあらねばならぬ、と仰せのゆえ……武家の格式に倣《なら》い、腹を真一文字に斬ったのじゃ……また両替屋には検分を命ぜられて、の……」

縫之助の口調は、まるで所業を誇っているかのようだ。

鐡の通夜に姿をあらわした両替屋は、平賀の命《めい》で鐡の死を検《あらた》めにきたのか。

常吉は怒りのために身体中を震わせた。

(ふざけた真似をしやがって……平賀式部少輔……こいつが一番《いっち》、許せねえ)

歯がみをする常吉だが、相変わらず縫之助に射すくめられ身動きができない。

縫之助は唇をゆがめてせせら笑いながらじりっじりっと常吉との間を詰めてくる。

「そなたたちには武家の格式など無用。直新影流《じきしんかげりゅう》の一太刀、浴びるがよい」

言い果てもさせず、政五郎が動いた。

腰をかがめた体勢のまま足下の泥をつかむと縫之助の顔めがけて投げつける。縫之助は「うわぁ」と叫ぶと刀の柄にかけた手を放し泥を振りはらう。

政五郎は地を這うような姿勢のまま縫之助の足下に身体を寄せる。両手で縫之助の両足を抱きかかえ思い切り払った。

「なにをッ」という声を残して縫之助は泥のなかに倒れる。政五郎は素早く縫之助の腰の二本を抜き遠くに投げ、同時に縫之助の両手を背後で捻《ねじ》りあげた。

並の体さばきではない。

政五郎は常吉にむかって叫んだ。

「親分ッ、さあ、お縄を」

常吉は政五郎に押さえつけられている縫之助に弾かれたように飛びかかった。武術はからっきしだが縄がけの稽古は積んでいる。

縫之助は身をよじらせながら、「いきなりとは、卑怯千万《ひきようせんばん》」と喚《わめ》く。

「やかましいッ」

政五郎は縫之助の頬桁《ほおげた》に拳骨を加えると負けずに怒鳴った。

「悪党どもの用心棒風情《ふぜえ》のつまらねえ名乗りなんざ聞いていられるか、ッてンだ、この頓知気《とんちき》め……」

「むぅぅぅ……」

縫之助は悔しそうに呻《うめ》く。おそらく名乗ったとおり、名高い剣術道場で修行を積んできた男なのだろう。いざ勝負と相手に十分にわからせてから戦いを始めるという作法が身に染みついていたゆえに、いきなり顔めがけて泥を投げつける政五郎に不覚をとった形だ。

「さっ、常吉親分……近くの番屋へ参《めえ》りやしょう」

政五郎は、縫之助を後ろ手に縛《いまし》めた縄尻を常吉にもたせる。

「鐵親分の仇を、みごとつかまえなすった……おめでとうごぜえます」

木蓮寺に忍びこんだ身のこなしといい、縫之助に不意打ちを食らわせたやり口といい、政五郎は並の男ではない。

常吉は訊ねた。

「政さん……おめえさんは一体……うちの親爺ンとこへくる以前《まえ》はなにを……」

「いえ……なに、というようなものじゃごぜえやせんヨ」

言葉少なに応じた政五郎だが、「うん」とひとりうなずくと再び口を開いた。

「常吉さんはあっしの親分だ……親分にだけは真実《ほんとう》のことを申し上げときやしょう……ただほかには必ず、言ってくださいますな……」

政五郎は念を押すかのような前置きをして続けた。

「あっしは生まれは紀州……熊野の山ン中の小さな村で。村のものは紀州さま（徳川御三家のひとつ紀州徳川家）にお仕えしていたんでござえますが、有徳院《うとくいん》さま（八代将軍徳川吉宗《よしむね》）が公方さまにおなりになったときに村ごと江戸に出て参りやした……へえ、その通りで……あっしはもとは公儀の御庭番《おにわばん》。抜けて鐵親分のとこに転がりこんだんでごぜえますよ……」

第五章　岩井屋敷、動く

一

常吉が駆けこんだときには、大黒亭の高座には蝶があがっていた。三味線を弾きながら喉を披露している。

〽あんたの姿をしみじみと　見ているうちにも
涙で濡れた　袖も乾いてくるわいなあ
どうやら遠目も利くような
なんのことかとご不審ならば
眺め（長雨）が晴れた、と思し召せ

鈴のような綺麗な声と切れの良い節回しが妙にしっくりくる。節の合間には常連らしい客が「ようよう」と声をかける。

このところやや肌寒い。時候外れだが所望する客には手焙《てあぶ》りを貸している。後ろのほうで水野要人が手焙りに手をかざしながら蝶の唄に聞きいっている。

大黒亭から要人がきていると知らせがあった。常吉は取るものも取りあえず跳んできた次第だ。

大黒亭のような場所は公儀からすれば歴とした「悪所」だ。およそ武家のものがくるような場所ではないとされている。なかには滑稽噺《こっけいばなし》や音曲が好きな若い侍が覆面をして客席にいたりもするが、要人のように三文菓子を食べながら堂々と見物したりはしない。

常吉は腰をかがめ要人に声をかけた。

「殿さま……大黒亭《こんなとこ》にお越しになるなんて……物好きが極まってごぜえやすよ……どうぞ、奥のほうへお直りくだせえまし」

「いや、かまわぬ」

要人は平気な顔で応じた。

「そなたとの連絡に使っておった大黒亭とやら、どのようなところか見てみたいと思っておったのじゃ。なかなか面白いところであるの。気に入ったぞ」

くつろぐときの好みなのだろうか、要人は『水ノ江』で着ていたのと同じく茶の羽織だ。

「この菓子も旨いの……細かなる鳥目《ちょうもく》の持ちあわせがなかったゆえ、菓子の売り子には後日屋敷に取りに参るよう申し伝えたが、それでかまわぬか」

菓子を買ったが銭の持ちあわせがないとはさすがは殿さまだ、と常吉は苦笑する。

「お屋敷に取りにこいと仰せでも……そんだけで三四《さんし》の十二文でごぜえます……あっしが殿さまにおごってさしあげやす」

「そうか。すまぬのう。馳走になる。はっはっは」

要人は至極楽しそうだ。

江戸に阿片を持ち込んだ一味が明らかになった。要人が長崎奉行在任中に清国の広《かん》東《とん》からの人参の取り扱いで不正をはたらいたとして長崎を追放になった両替屋源右衛門が中心となり、水野家用人の立岩宗次郎と結託していたという。

此度《こたび》は人参などではない。

阿片という未知の毒だ。

「立岩のような愚か者はまたなにかをしでかすと思うて泳がせておったが、かように怪しげな薬にまで手を出すとは……」

阿片が露見したと知った両替屋と立岩はすぐに逐電《ちくでん》したという。

「ふたりともよく鼻の利く者たちじゃ……また同じような悪事をたくらむに違いなかろう……目明かしのそなたたちも休まるときがないのう。御苦労千万なことじゃ」

要人から妙な慰労の言葉をかけられ、常吉はただ「へえ」と答えるしかない。

常吉は親を殺した下手人を捕らえた手柄により南町奉行所より銀五枚の褒美を頂戴した。

「よくやった。偉かったなぁ、常吉」と同心の石塚は常吉を褒めた。鐵の兄弟分だった牛嶋の安が親しい目明かしたちに声をかけ、常吉のために酒宴を催してくれた。

「あらためて、こいつが神楽坂の鐵の息子、常吉だ。みんな、目をかけてやっッくんな」

目明かしたちにあらためて頭を下げてくれた安の心根が常吉には嬉しかった。

だが喜んでばかりもいられない。要人は三文菓子の残りを片付けると溜息をついた。

「大奥の峰山と竹本隼人正……どう軽くともふたりとも遠島《えんとう》……隼人正などは切腹でもしかるべきところなのじゃが……」

隼人正は「屹度御叱《きつとおしかり》」として大奥御広敷用人の役目を解かれたが、ほかのお咎めはなかった。峰山にいたっては相変わらず大奥で御年寄として重きをなしているという。

両替屋源右衛門やばたびあのへるだも素早く姿を消した。常吉が捕らえた藤川縫之助も放免されたらしい。隼人正や峰山はともかく人斬り用心棒の藤川まで放免されたとは常吉も解《げ》せぬところだ。

むろん平賀式部少輔はなにごともなかったかのように口を拭っている。

要人は少し顔を引き締め呟いた。

「立岩を泳がし阿片という魚が釣れ上首尾、と思うが……成りゆきをみるとどうやら大物すぎる魚もひっかけてしまったかも知れぬの……」

「大物すぎる魚……」

常吉はわけもわからぬまま、要人の言葉を繰り返しただけだった。


常吉は、大黒亭が終《は》ねるまで客席にいた要人を屋敷まで送っていった。

雨はあがり生温かい風が吹いている。

（こりゃもう梅雨は仕舞《しめ》えかな……これから暑くなるなぁ……）

美代は常吉に、夏の半襟《はんえり》を買いに行くからついてくるよう、やいのやいのと催促している。

（あんまりうるせえから、一度くれえはつきあってやらざなるめえなあ……）

常吉は神楽坂に戻った。もう夜半近くで食べるものなどない。担ぎの蕎麦《そば》屋でも通ったら、一杯たぐって寝ようかという心づもりで待っている。

表の戸を蹴破らんばかりの勢いで開け、万作が飛び込んできた。万作は金銀を大量に持ちこんで怪しい動きをしている岩井作次郎の屋敷をこのところずっと見張り続けている。

「親分……のんきに腰を落ち着けるところやおまへんデ……来ました、来ましたンや……さあ、岩井屋敷が動きまッセ」

二

万作は昂《たか》ぶった口調で続ける。

「宵《よい》の口に、まずあの妙な侍みたいな男がひとりで屋敷に入りましてン。相変わらず刀は差してまへんで……何者《なにもん》でっしゃろうな……それからさっき、例の親玉……なんや立派な押し出しの男が、これもひとりで入ったンですワ……間違いおまへん。かならず今夜、動きます」

このところずっと岩井作次郎の屋敷を見張っていた万作の言葉だ。近隣では立派な殿さまのひとりに数えられる旗本一千石の岩井だが、怪しい男が出入りしているとなるともう放置してはおけない。

むろん町方が武家の屋敷に踏み込みはできない。万作がしていたように岩井の屋敷の裏口を見張るしか手はない。

「腹ァ減った、ちょいと蕎麦でも二人前あつらえてもってきてくれ……」

常吉は万作に頼むと岩井の屋敷の裏口を見通せる角にうずくまった。

昼間の生温かさとは打って変わって爽やかな宵だ。月は長雨に洗われたかのようにぴかぴかと銀色に輝いている。初夏の気持ちのよい日々を約束してくれているかのようだ。

旗本屋敷を根城にするとは悪党どもも考えたものだ。万作によれば、屋敷に運び込まれた金銀が持ちだされた形跡はない。今夜これから持ち出して、どこかで取引をするのだろう。

陽があがってしまえば人目につく。取引はまだ夜が明けぬうちに済ませたいだろうから、そう遠くではない。調達した金銀を集める場所が岩井屋敷で、取引はあたりの別の屋敷なのかもしれない。

再び武家方に入られては目明かしの常吉には手も足も出ない。どうでも往来で、現物を押さえねばならない。

常吉の見立てでは悪党の親玉は蔦重、蔦屋重三郎だ。

敵は目立ちたくはないはず。また大胆にも天下の旗本を巻き込んで隠密裡《おんみつり》にことを進めているやり口からすると、荒っぽいものたちがいようとは思われない。常吉と万作ふたりでなんとかなるとふんでいるが、「政五郎を呼びにいかせればよかったかも知れねえ……」と不安にもなる。

政五郎は元は御庭番だったという。

御庭番については常吉も詳しくは知らない。なんでも将軍になられた常憲院さまが紀州から江戸に入られるときに連れてきたものたちが始まりという。右も左もわからぬ江戸には常憲院さまが信頼できる味方は少ない。常憲院さまの目となり手となるようなものたちを御庭番と称したということだ。

御庭番の実の姿は公儀でも知るものはごく限られているという。政五郎の身のこなしや手際からすると、御庭番は並の武術ではない、どんな手を使ってでも相手を斃《たお》す術を身につけたものたちだ。

そんな怖ろしい御庭番だった政五郎がなぜ鐵の元にきたのだろうか。

政五郎に訊ねたが、「それは常吉親分も知らねえほうがよろしゅうございます……もし知ってしまうと……」と笑ってはぐらかされた。

笑う政五郎の目の奥には凄い光が走っており、常吉は背筋に一本の氷の柱を突きたてられたような思いがした。

「へえ、親分……お待ち……」

常吉の前に万作が蕎麦の丼を突き出した。鰹節の利いた出汁の香りが常吉の鼻孔に流れこむ。常吉の腹がぐうと鳴った。具だくさんのしっぽくだ。

「ほお……ここの蒲鉾《かまぼこ》ァ、やけに厚いじゃねえか。出汁も鰹節をおごっていやがる。こりゃ美味えや」

「でっしゃろ」と万作は得意そうに鼻をうごめかす。

「毎晩見張ってるうちに、このヘンを流す屋台の蕎麦はみぃんな味見済みでおます……どこの蕎麦が熱いかぬるいか、汁が甘いか辛いか、蕎麦の本数までわてては心得てます。真実《ほんま》でっせ」

「わかったわかった」と常吉は笑った。

「しかし万的も毎晩毎晩、よく辛抱してくれたな……助かったよ」

「なにをおっしゃいますやら、親分」

万作は照れ隠しをするかのように大きく音をたてて蕎麦を啜《すす》る。啜りながら万作は続けた。

「ようやくわたいも親分のお役に立てて嬉しいんだす……いや、ホンマでっせ」

唐辛子をかけすぎた、とこぼしながら万作は鼻を啜る。涙でいっぱいの万作の目を月が浮かびあがらせる。

「わたいだけでない、お蝶も常吉親分に拾われなんだら……ふたり並んで首でもくくっているトコでしたン……」

「もうよそうじゃねえか……」と常吉は笑う。

三

万作は「トンガラシが妙に利きます」とこぼしながら続ける。

「上方からきたばかりのわたいと蝶が赤城神社《サン》の境内で震えているトコを声をかけてくれはったンが常吉親分、あんさんでおました」

常吉も思い出す。なんでも江戸にはまだ軽口や滑稽噺をきかせる常打ちの小屋がないときいた万作がひと山当てようときたものの、あてもないままうろうろとしているうちに金も尽きてしまった。上方へ戻っても借金取りに追われるだけでろくな首尾にはなりそうにない。

いっそ……と思いあぐねていたところを常吉に拾われたのだ。

「おいらもあの頃ァ、鐵から面白くねえことを言われていたのだが、おめえやお蝶さんと喋っていたら妙に気が晴れてなあ……」

「親分に拾っていただいて、『大黒亭』たらゆう寄席《とこ》まで任せてもろうて……ホンマにおおきに。ありがとうございます……だから、だからですワ」

万作の声は熱を帯びてくる。

「親分のお役にたちたい、その一心でおました。政五郎兄イは親分に、鐵親分の仇をとらせはった。わたいはそないめざましいコトはでけしませんけど、なにかお役に……そう思ってたトコへこの屋敷ですわ……首尾よう親分がひと手柄立ててくれはったら、こんな嬉しい話はおまへん」

「ああ、ありがとよ」

常吉は少々辟易としながらも、万作の心根が嬉しかった。

市ヶ谷八幡だろうか、時を知らせる鐘の重い音が聞こえた。真夜中の子《ね》の刻《こく》だ。

岩井屋敷の裏口が開いた。常吉はこくりこくりと舟をこぎ始めた万作を肘で突く。

万作もはっと気づいて身を固くする。

最初に姿をあらわした男は羽織姿で恰幅が良い。万作が「悪党の親玉」と称している男だろう。

正体は常吉の見たてどおりだった。

(蔦重だ……)

つづいて羽織袴に威儀を正した男が姿をあらわす。顎を引き背筋をまっすぐに伸ばしたまま歩を進める姿は武士のようだが、なるほど刀は帯びていない丸腰だ。ふたりはそれぞれ提灯《ちょうちん》をさげている。

ふたりの後ろを一台の荷車が数人の男に引かれて続く。菰《こも》で覆われた荷はそれほど嵩高《かさたか》くはない。これからどこぞに金銀を運びこみ、取引をしようというのだろう。

常吉が思ったとおり、荒っぽいしわざをしてのけそうな仲間はいない。

(しかし羽織を着けて夜中に荷を運ぶたぁ、悪党にしてはずいぶん行き届いた奴らだ)

蔦重も武士らしい男ものは言わない。夜中に悪事の種を運ぶのだから当たり前だが、だがかといってこそこそと人目をはばかる様子もみせない。はばかるどころか、ふたりの足取りは軽い。駆け出しこそはしないが、これからはじまる何かが待ち遠しくてしかたがないかのように弾んでいる。

(おかしな悪党どもだなあ……)

常吉は首をかしげながらも、（これもお役目だぁ）と一行の前に立ちはだかった。

「ちょいと停まっておくんねえ」

先頭をゆく蔦重は提灯をあげ常吉を照らす。常吉を認めると、少し驚いた口調で訊ねた。

「こいつぁ神楽坂の親分……何用《なによう》でございましょう」

声にはとげとげしさはない。洒落者の旦那然としているが油断は禁物だ。

常吉は重ねて訊ねた。

「こんな夜中に何人もかかって荷車を押したり引いたりして目についたんで声をかけたんだ。悪く思わねえでくんな、蔦重さん……で、そちらのお侍《さむれえ》みてえな方はどなたさまで……」

蔦重は微笑んで少し後ろを振りかえる。

「この男はお武家ではございません。能役者でございます……阿波《あわ》八十万石蜂須賀《はちすか》さまお抱えの能役者、斎藤十郎兵衛《さいとうじゅうろべえ》と申します」

四

（能役者だぁ……こいつぁなんだか様子が違うぞ……）

常吉は内心で思いながらさらに訊ねる。

「おいらぁあいにくと無学で本なんてもなぁ読まねえのだが、蔦重さん……本屋さんが能役者を連れて旗本の屋敷に出入り……殿さまの謡《うたい》の稽古でございます、とでも言《い》いてえだろうが、稽古はこんな夜中まで続くのかい。また車に積むほどの荷物が要るとも思えねえ。それに……」

常吉は右足を半歩ばかり前に突き出した。

「おめえさんがたがお屋敷に出入りするようになって以来《このかた》、どうみても武家屋敷には似つかわしくねえ奴らが出入りするようになったってねぇ……」

「そうだ。そのとおりでおます」

万作が常吉に調子をあわせる。いつの間にか万作は蔦重一行の背後、荷車の後ろに回りこみ退路をふさいでいる。目明かしの子分としてはなかなかの動きだ。

「わてはちゃあんと帳面につけてます。今日はふたり、次には三人と……入った奴らは二、三日は出てきませいで、出てくるときにはなんや、寝てまへんてな様子で顔をふくらしておました」

蔦重と斎藤十郎兵衛は破顔する。荷車で運んでいた連中は声をあげて笑った。万作は色をなした。

「なんやッ、なにィ笑ろうとるンや」

いきり立つ万作にひとりが混ぜかえすように応じる。

「寝てねえような様子、じゃねえ。二日三日はほんとに寝てねえんでさ」

荷車組がさらにどっと笑い声をあげる。

悪党どもに軽くあしらわれている形だ。常吉は引きしめた顔を蔦重にむけた。

さすがに蔦重は声をあげて笑ってはいないが、おかしさを抑えきれないようだ。振り返り笑い声を鎮めると常吉に告げた。

「手前どもでは絵双紙など書籍のほかに浮世絵もあきなっております……かれらは浮世絵の彫り師、摺《すり》師《し》とその弟子たちでございますよ……そしてこのたび、はばかりながらこの蔦屋重三郎が売りだす絵師が斎藤十郎兵衛でございます」

斎藤十郎兵衛はだまって頭をさげる。

常吉も引き下がってはいられない。

「浮世絵……なんだって浮世絵を旗本の屋敷でこさえるんだ」

「それは親分……」と蔦重は声を低める。

「此度《こたび》の浮世絵はこれまでに類のない趣向にございます。同業者に知られてはならぬもの……ゆえに江戸市中の工房では摺れませなんだ……幸いこちらの岩井作次郎さまは蔦屋の大のお得意でございます。お屋敷内の空いた中間部屋をお借りしまして職人を泊まり込ませて版木を彫り、摺らせたのでございます」

「なにをらしい話を……こちらはちゃあんと知っているんだ。昼に夜に、おいらの手下の万作が見張っていたんだ。浮世絵などは目くらましで、金銀の抜け荷で儲けようという算段だろう」

「さいな。なんや、『きらきらするもの』がどうとか喋っておったンを、わてはちゃあんと聞いておったンだ」

　蔦重は「もうこうなっては……」というかのように首を振ると、荷車の男たちに命じて菰でくるんだ荷を一包み開けさせた。

　蔦重は自ら荷車に足を運ぶと、大ぶりの紙を一枚手にして戻り常吉に渡す。

「本日、日本橋通油町《とおりあぶらちょう》、蔦屋重三郎方で販売いたします役者絵でございます」

「なにィ……こ……これが役者絵……」

常吉は声をあげた。

常吉は、役者の姿を美しく描いたものが役者絵だと思っている。常吉は芝居にはとんと疎《うと》いが、美代などは贔屓《ひいき》の役者がいるらしく新しい絵が売り出されると買ってきてはきゃあきゃあいいながら日がな一日眺めている。

（なにがいいのか……どれも同《お》ンじような顔と姿じゃねえか）

美代にはいいらしい。

ところが蔦重から手渡された役者絵はおよそほかの役者絵とは違っている。

目に飛び込むのは大きな顔だ。朱色の着物に立て髷姿の男が眉と口の端を吊り上げている。耳も顎も、とにかく大きい。

「でっけえなぁ、こいつぁ……」

常吉が漏らした言葉に蔦重は満足そうにうなずくと、さらにもう一枚、役者絵を渡した。

次のは月代の伸びた無頼者らしい男だ。茶の縞柄の着物の懐から左右の手をにょきっと出している。この役者絵もとにかく顔がでかい。

役者らしい顔ではないが、ひと目見れば忘れられない光を放っているようだ。

（ん……）

常吉は手にした役者絵をひねり回してみた。灰色の背景が月の光を受けてきらきらと光っている。顔をあげた常吉に蔦重は満足そうに笑みを送っている。

「黒雲母を混ぜて摺ったのでございますよ」

「雲母……どうりできらきらしていやがる」

「誰も試していなかった黒雲母摺りの役者の大首絵……売り出しまで他店《よそ》に知られぬよう苦心いたしました」

「この絵はこちらの斎藤十郎兵衛さんが描いたのかい……」

斎藤十郎兵衛は黙って頭をさげた。背筋をしゃんと伸ばしているところは能役者らしいが、ごく控えめでおとなしそうな男だ。とてもこんな奇天烈な絵を描く男には見えない。

蔦重は残念そうな声で常吉に告げた。

「親分と先だって河岸で見たばたびあのへるだ……この男に是が非でも描かせたいと思っておったのですが、あの両替屋とともに姿をくらましたとの噂……」

さらに蔦重は意味ありげな笑みを浮かべて続けた。

「親分もたいそうご活躍なそうで……ずいぶんお気をつけなすってくださいまし……」

常吉は蔦重の声を聞きながら（この野郎……どこまで知ってやがるのだろうか……）と考える。ことによると公方さまとばたびあのへるだの一件まで耳に入っているのかもしれない。

蔦重は常吉に告げた。

「お疑いは晴れましたか……それでは手前どもはこれで……」

荷車は飯田橋にむかって坂を下りていく。

万作が世にも情けなさそうな声をあげた。

「役者絵を摺っていたゆうて……お武家サンのお屋敷でそンなややこしいことされてはかないまへンわ……」

「ああ……万的にも無駄なはたらきをさせちまったナぁ……」

常吉は手にした役者絵をもういちど眺めた。黒雲母が細かな光を映して美しい。

絵の隅には作者の名も描かれている。常吉は目を近づけ、声に出して読んだ。

「東洲斎写楽画《とうしゅうさいしゃらくえがく》……阿波侯お抱え能役者、斎藤十郎兵衛が東洲斎写楽かぁ……」

五

一同の笑いはなかなかおさまらない。

岩井屋敷の裏口で繰りひろげられたとんだ捕物のひと幕を、万作が自ら面白おかしく皆に話して聞かせている。

「さぁ、そこで蔦重が親分に差し出したンがこの変テコな役者絵でおます……わたいの初手柄と思うたら……これがあぶない絵だったらわたいの苦心も浮かばれるゆうもんでっしゃろが、どもならんワ……」

政五郎も白い歯をみせて笑いながら銚子を万作に突き出した。

「今夜は存分に飲めと常吉親分のお許しも出たんだ、さあ」

腕利きの政五郎に杯をさされ万作も嬉しそうだ。

「へえ、政兄《まさあに》ィ、今日はわては飲みマッセ」と一気に杯を空ける。

美代は常吉が持ちかえった役者絵を見ながら首を振った。

「こんな役者絵、私はイヤだわ。なんだか気味《きび》が悪くってサ……」

「でも蔦重はたいそうな鼻息だったぞ」という常吉の言葉にも、「そりゃ成田屋《えびぞう》には似てるけど……でも似てりゃいいってもんじゃないのよ」とにべもない。

「兄さま、ではこの役者絵、私がいただいてもよろしゅうございますか」

「なんでえ多吉郎……おめえこんな絵を欲しいのかい」

「阿蘭陀医師のけんぺる先生が絵がとてもお好きで、浮世絵なども集めておられます。あちらの絵描きたちにも知り合いが多いそうで、常々『浮世絵をみせたらあちらの者たちは腰を抜かすぞ』とおっしゃっています」

「あんまり変テコだから腰ィ抜かすんじゃねえのか」と皆が笑った。

戸口から若い男の声がする。

「お待ちどおさまでございます。お誂《あつら》えをお持ちしました」

「誂えた、って、誰かなにか頼んだのかい」

「わてでおます……しっぽくを……このあたりでいちばん美味い蕎麦屋でおますから皆さん、お食べ。親分はお勘定をお願いいたします」

「なんでえなんでえ……払いはおいらかい」

ぼやきながら土間に降りた常吉は、戸口の蕎麦屋をみて驚いた。

「お……おめえは……」

「親分、お久しゅうございます……以前に助けていただいた庄助でござえます」

　常吉が目明かしになるかならずやの時分に、飯田橋の甘酒屋から古着を盗んだ信濃者《おしな》の庄助だ。庄助の後ろには妹らしい娘もいる。ふたりともこざっぱりした姿《なり》をしているところをみると、屋台の蕎麦屋として実直な暮らしをしているようだ。

「これからどうしようか、妹の直《なお》と考げえました……古い屋台をゆずってくれるという爺さんの蕎麦屋がいましたんで……」

「そうかい……万作が、『この界隈《あたり》じゃ一番《いっち》うめえ蕎麦屋』といっていたのはおめえンとこかい。そうかい、よく頑張ったなあ……」

　蕎麦の実には変わりはない。だったら出汁を工夫しようと、日本橋の料亭からゆずってもらった鰹節の欠片《かけら》で直《なお》が丹念に灰汁《あく》をとりながら出汁をこしらえているという。

「そうかい、妹も働き者《もん》だァ」

　常吉に褒められて、直も嬉しそうに微笑む。働き者の若い兄妹のために、料亭の板場でも鰹節の欠片を笊《ざる》でとっておいてくれるようになった、と庄助は嬉しそうに話した。

　絹がいつになくしみじみとした声で呟いた。

「まっとうにやってりゃ、お天道さまは見ていてくださるってことだねェ……」

「わてもなんだか、嬉しゅうなってきましたワ……親分、もう一本、つけてもろうてもよろしいか」

「あいあい」

常吉の返答を待たずに美代が燗をつけようと土間に降りる。

（ったく、おいらぁ、いいともなんとも言っていねえじゃねえか）

常吉は「まだまだおいらは親分てな貫禄じゃねえか……」とひとり笑った。

庄助の運んできたしっぽくから椎茸を箸でつまみあげる。

嚙むとじゅっと、甘辛い汁が常吉の口中に広がる。

「美味え……」

常吉は目の前の杯をくいと傾け、やや冷めた酒を腹に流しこんだ。


〈了〉